...archipelagi...

Sławomir Shuty

Zwał

wydawnictwo a b

Patronat medialny:

Z dedykacją dla Niniko

poniedziałek

Basia spóźniła się do pracy. Znowu. Wiemy, wiemy, jej mała Justysia jest chora. Jak małe Justysie są chore, to nie jest dobrze, ale czy aby nie za często mała Justysia choruje? Takie myśli kołaczą się nam po głowach. A do oddziału wchodzi pierwszy klient.

– Dzień dobry!

– O dzień dobry, dzień dobry.

– Witam urocze panie, i pana też – pan uśmiecha się w moją stronę.

– Co będziemy dziś robili? Przelewik? – odwzajemniam uśmiech.

– Wypłata.

– Z rachunku bieżącego?

– Z lokaty.

– O... zrywa pan lokatę przed terminem zapadalności – mówi Basia, podnosząc się zza biurka i przerywając tym samym naszą dobrze zapowiadającą się konwersację – ale straci pan wszystkie odsetki.

– Niestety – mówi pan.

– Bo jakby pan jeszcze potrzymał, to byłyby doliczone, no... te odsetki – Basia niewyraźnie wymawia ostatnie słowo.

– Tak właśnie wypadło, że nie mogę – odpowiada miło pan.

– Wie pan, że bank lubi tych klientów, którzy trzymają w nim swoje pieniądze? – Basia uśmiecha się.

– Wiem, ale mam nadzieję, że stosunki między nami nie ulegną znacznemu pogorszeniu – odpowiada, również uśmiechając się, pan.

– Cha, cha – śmieje się Basia – ja też mam taką nadzieję. Mirek, zerwij panu lokatę.

– Już zrywam – odpowiadam, a kiedy siada za biurkiem, pytam ją grzecznie: – Basiu, czy możesz mi potwierdzić tę transakcję?

– Prześlij – odpowiada.

– Przesłałem – mówię, spoglądając na nią uprzejmie.

– Do mnie nie doszło, prześlij jeszcze raz – mówi z cierpkim uśmiechem.

– Przesyłam – mówię i pytam, sympatycznie patrząc w jej stronę: – Przeszło?

– Teraz tak – mówi Basia, zachowując ten sam uśmiech.

I lokata zostaje zerwana. Potem pieniążki z zerwanej lokaty należy przelać na rachunek bieżący, transakcję potwierdzić, czyli autoryzować, musi Basia, później wypłacić z rachunku bieżącego, do czego również potrzebne jest potwierdzenie Basi, a następnie siedzieć i modlić się, by nie zawiesił się program do obsługi maszyny wydającej gotówkę, zwanej cash dispenserem, ponieważ w takim wypadku trzeba będzie pójść rozbroić system, otworzyć maszynkę dwoma kluczami, wyciągnąć kasety, wyjąć z nich gotówkę, zapakować je z powrotem, wypłacić panu z ręki i zastanawiać się do końca dnia, czy po tych roszadach dziwnym trafem nie będziemy w plecy.

wtorek

W poniedziałek dawał wałek, a we wtorek zszywał worek. Basia przyjeżdża później. Po prostu nie mogła. Zaistniała taka sytuacja, że nie mogła. Ale bardzo chciała. Oczywiście.

– Basiu – mówi Gocha – ale po co ty nam się tłumaczysz, nie mogłaś, to nie mogłaś. Czasami nie można, przecież sama wiesz, że ja też czasami nie mogę.

– Dobra, Gocha, nie marudź, tylko otwieraj – mówi zdecydowanie zniecierpliwiona Basia.

Gośka otwiera i Basia może wejść. Dzisiaj wielu klientów może odwiedzić nasz oddział. Dlaczego? Nie wiem. Coś mi mówi w środku żołądka, że tak będzie. Poza tym wtorek. Ludzie mają mrówki w, za przeproszeniem, dupie. O właśnie, o tym mówiłem.

– Dzień dobry – rzuca na odczep się pan.

– Dzień dobry. W czym możemy pomóc? – Podnoszę się z krzesła, by zaproponować klientowi mieszczącą się w standardach europejskich, profesjonalną i miłą obsługę.

– Nie, dziękuję, ja tylko chciałem zobaczyć tutaj... – Pan zupełnie nie zwraca na mnie uwagi.

– Interesują pana lokaty terminowe? – pytam uprzejmie, przysuwając panu ofertę, jakby to była miska z zupą.

– Ja sobie poczytam, dziękuję... – Pan kręci głową.

– Powiem tylko, że najkorzystniej ulokować kwotę na lokacie krótkoterminowej, miesięcznej, a następnie kapitalizować odsetki co miesiąc, co wyjdzie, proszę tu zobaczyć, więcej, niż gdyby pan te pieniądze wpłacił na pół roku...

Wyciągam z rękawa asa, a pan patrzy na mnie z zaciekawieniem w oczach.

– Mirek, zaproś pana do pokoju rozmów – mówi Basia, wychylając się zza monitora z promiennym uśmiechem.

– Zapraszam pana do pokoju rozmów, gdzie pozwolę sobie szczegółowo przedstawić panu naszą ofertę. – Stojąc wyprostowany, wskazuję panu drogę.

– No dobrze – mówi pan z nutą rezygnacji.

Prowadzę pana do pokoju rozmów i roztaczam przed nim wizję lokat terminowych. Wskazuję markerem wszystkie korzyści dla klienta. Punktuję. Oprócz tego opowiadam o kartach kredytowych, nowym, wygodnym dostępie do gotówki, wyjątkowej obsłudze, zaletach rachunku bieżącego.

– Lepszej oferty pan nie znajdzie – mówię ze stuprocentowym przekonaniem. Ale pan tylko składa cennik usług i dziękując, wychodzi.

– Lepszej oferty pan nie znajdzie – rzucam na odchodnym, żeby przekonać go o tym jeszcze dobitniej. Basia obserwuje całą tę scenę z umiarkowanym optymizmem.

– I co – pyta niby od niechcenia – założy sobie konto?

– Nie, był zainteresowany lokatami – odpowiadam, patrząc w ścianę.

– Nie mówiłeś mu, że mamy promocję na konta osobiste? – pyta Basia spokojnie.

– Mówiłem, ale nie chciał, ma konto osobiste w jednym banku, drugie w innym banku, ale z żadnego nie korzysta – odpowiadam jej, nerwowo przesuwając na biurku stempel kasjerski, aż na pulpicie od tego przesuwania powstają rysy.

– Gdybyś mu powiedział o promocji na kartę płatniczą, to może by się skusił – mówi Basia nienaturalnie rozpromieniona.

– Mówiłem, mówiłem o płatniczej, o kredytowej. Widziałaś, że długo rozmawiałem. Już nie miałem mu o czym mówić, wyłożyłem mu wszystkie karty – coś we mnie pęka i uśmiecham się jak dziecko.

– Ja widziałam – mówi Jola, również uśmiechając się – Mirek mówił i mówił.

– Trzeba było mu powiedzieć, że w każdej chwili może lokatę zerwać bez utraty odsetek – mówi Gocha, z uśmiechem klepiąc mnie po ramieniu.

– No, mogłem – odpowiadam im wszystkim uśmiechnięty.

– Słuchajcie, mamy... niech no spojrzę, jak na razie, pięćset kont założonych, a na dzień dzisiejszy powinniśmy mieć siedemset – mówi nagle Basia głosem pochodzącym z wątroby. – W tym miesiącu musimy otworzyć przynajmniej tysiąc, inaczej zapomnijmy o premii. Zróbcie coś.

Basia patrzy wymownie w naszym kierunku, ponieważ ona, na miły Bóg, ma dosyć tego zakładania, ona zakłada cały czas, a my nic nie zakładamy.

Premia jest przyznawana pracownikowi w zależności. Jeżeli otworzymy osiemset kont osobistych, nazywanych rachunkami bieżącymi, przypadkowym osobom, które najczęściej tego nie chcą, sprzedamy czterdzieści kart płatniczych srebrnych i cztery złote karty płatnicze oraz ubezpieczymy dwanaście osób, to wówczas otrzymamy premię za każdy z tych elementów, ale tylko w przypadku, gdy zachowana zostanie założona wielkość otworzonych rachunków bieżących. Gdy ten warunek nie zostanie spełniony, premii nie otrzymujemy, nawet gdy sprzedamy sto złotych kart płatniczych. Wysokość premii w przeliczeniu na jednostkę pracowniczą jest ustalona procentowo i – najważniejsze – zależy od uznania kierownika oddziału, co oznacza, że ten procent może ulec zmianie na niekorzyść pracownika. Czy osiągniemy najwyższą świadomość premii w tym miesiącu? Któż to może wiedzieć.

środa

– Znowu się spóźni – mówi Aneta.

– Nie, czekaj, zatrzymała się jakaś taksówka, o... jest – dostrzega Gocha.

– Jest – zgadza się Aneta.

Basia wysiada z taksówki, płaci kierowcy, biorąc fakturę, z której się potem rozliczy w punkcie: koszty reprezentacji, podróże służbowe; podpunkt: negocjacje z partnerami strategicznymi. Z gracją pierwszej damy odbiera telefon komórkowy i wstępuje do oddziału jak do świątyni swego imienia.

– Cześć – mówi Basia półgębkiem, nadal przyklejona do komórki.

– Cześć – odpowiadamy, patrząc na nią.

– Dzisiaj środa, co – mówi, wsuwając komórkę do torebki.

– Nie inaczej – mówi Gocha.

– Prawie połowa miesiąca, a my nie mamy jeszcze nawet połowy targetu. – Basia patrzy na Gochę z rozczarowaniem.

– No – potwierdza Gocha, patrząc tępo przed siebie.

– Trzeba będzie coś dzisiaj zrobić – mówi motywująco Basia.

Jak Basia tak mówi, to tak ma być, ponieważ Basia nie mówi tego po to, żeby nie miało tak być. No. Jedną ręką odpala sprzęt, a drugą ściąga sobie jedwabny szal z szyi i udaje się do pomieszczenia zaplecze, by oddać się kontemplacji świeżego brukowca przy dobrej kawie rozpuszczalnej z trzema kostkami cukru. Wiecie, dlaczego Basia jest promienna przez cały dzień?

Po pierwsze matuje. Po drugie nawilża. Po trzecie – trwały efekt.

Perfect balans. Floral fiesta. Superurlop z frykasami w słodkim, klonowym syropie. Jak pięknie być Basią.

Po godzinie Basia wie już, co zrobi. Już jej się wszystko w głowie ułożyło po smacznej kawie i smacznej lekturze – bez smacznej drożdżówki – na Boga, uwaga na linię!

– Och, zapiszę Justysię na kurs angielskiego – mówi, a my wyczuwamy w jej głosie głębokie zadowolenie. – Tu jest napisane, że dwuletnie dzieci są zdolne zapamiętywać i rozumieć nawet skomplikowane zwroty w językach obcych, u dzieci proces uczenia się języka jest...

Basia robi pauzę, ponieważ to bardzo trudno określić, jaki jest proces uczenia się języka u dzieci dwuletnich, a wyrażenie znalezione w gazecie właśnie jej umknęło – intuicyjny – dodaje, ponieważ to słowo doskonale pasuje do kontekstu.

– Ja swoją Wandę też zapiszę – mówi Gocha, żeby nie stracić w oczach Basi – ale dopiero jak zacznie chodzić do przedszkola.

– No co ty?! – obrusza się Basia. – Dlaczego tak późno? Co, chcesz przekreślić jej szanse na trudnym i wymagającym rynku pracy?

– Do rynku pracy to ona ma ho, ho i jeszcze trochę – mówi Gocha i uśmiecha się, nie chcąc zepsuć miłego nastroju.

– Nawet nie wiesz, jak szybko to przeleci – mówi Basia tonem znawcy. – Mówisz, jakbyś nie wiedziała takich rzeczy, zresztą rób, co chcesz. Ja zapiszę Justysię na angielski, a potem niemiecki. Teraz bez dwóch języków to jak bez ręki.

15

– Jak bez cipy – mówię po cichu, ponieważ tego rodzaju porównanie z pewnością nie całkiem pasuje do sado-kato morale Basi.

– Co powiedziałeś? – pyta Basia.

– Nic.

– Jednak coś powiedziałeś – docieka Basia.

– Mówiłem – po pewnym wahaniu otwieram się – że rzeczywiście dwa języki to teraz podstawa, a nawet trzy języki, bo na przykład francuski, hiszpański też są bardzo ważne.

– Francuski – mówi Basia – francuski ważniejszy. Ja się uczyłam francuskiego, ale teraz już nic nie pamiętam, chociaż gdyby przyszło się dogadać...

Basia zawiesza głos, co ma oznaczać, że gdyby przyszło się dogadać, to Basia by się dogadała.

– Po francusku – mówię, patrząc na przejeżdżający ulicą samochód ciężarowy, a Gocha uśmiecha się znacząco i dyskretnie, tak żeby Basia nie widziała, robi ten gest – wkładania sobie czegoś wielkości banana do ust i wyjmowania z powrotem.

– Co mówisz? – pyta Basia wyrwana z zadumy.

– Nic – odpowiadam, również wyrwany z zadumy.

Szarą ulicą przejeżdża autobus linii: kombinat metalurgiczny – reszta cywilizowanego świata.

– Coś tam szepczesz, nic nie słychać. O czym wy tam rozmawiacie? – Basia przybiera barwy bojowe.

– Nie no, mówię o tym, że te, no, języki są ważne, żeby mówić – odpowiadam.

– Dobrze, pogadamy sobie, jak będzie premia. – Basia spogląda na mnie spod okularów i marszczy gniewnie czoło, co może oznaczać tylko jedno: premia będzie przyznawana uznaniowo według ścisłych kryteriów wymyślonych przez kierownika oddziału.

– Chyba chcecie dostać premię, prawda? – kończy.

Pewnie, że chcemy, mimo że to ona dostaje świeży gulasz z serc młodych źrebiąt w delikatnym sosie czosnkowym, a my mielone świńskie ochłapy zarażone włośnicą.

Przez chwilę w oddziale panuje cisza. Basia myśli. O tym, czy zapisać Justysię od razu na dwa języki. Taka córka w przyszłości osiągnie sukces. Sukces córki jest sukcesem matki. To matka nosiła ją przez dziewięć miesięcy w brzuszku, to matka przez cały ten straszny okres męczyła się, bo nie mogła zjeść, wypić, nie mogła wyjść, spotkać się z przyjaciółkami, zabawić, zaimprezować, to matka cierpiała podczas cesarki, żeby ta niewdzięczna dziecina wyłoniła się na świat. Matka ma prawo do pewnych posunięć dla dobra córki, żeby w przyszłości cieszyć się jej sukcesem, żeby z zadowoleniem spojrzeć na swoje życie, żeby wszystko było zapięte na ostatni guzik. Justysiu, kruszyno, zapiszę cię na dwa języki, a troszkę później na trzeci, zagwarantuję ci radosną przyszłość i lepkosłodką starość. Basia myśli o tym wszystkim i oznajmia:

– Myślałam o tym wszystkim, nie myślcie sobie, że ja o tym nie myślę, myślę o tym nawet poza godzinami pracy. No, jechałam taksówką i myślałam o tym wszystkim, aż tu nagle taki pomysł mi przyszedł do głowy, no wiecie, Pizza Hut!

Patrzymy na nią i wiemy, co to za pomysł „no Pizza Hut". Ten pop piktogram nie potrzebuje tłumacza orientalisty. Przecież tam, na Boga żywego, muszą pracować jacyś wspaniali menedżerowie, a tacy menedżerowie, jak już tam Basia wie z dobrze poinformowanych źródeł, muszą zarabiać tyle, że wystarczy na złotą kartę. Co teraz Basia zrobi? Basia już tłumaczy:

– Mirek, przygotuj mi raz-dwa ładną ofertę.

– Z wszystkim? – pytam.

– A jak myślisz? Z wszystkim, korzyści, zalety, procenty, perspektywy. Ale to na jednej nóżce!

Basia zleca mi przygotowanie oferty, ponieważ Basia nie jest zbyt biegła w obsłudze edytorów tekstu. Zresztą to nie o to chodzi, umówmy się, nie od tego Basia jest, żeby Basia musiała być biegła, wystarczy, że Basia jest biegła w pewnych rzeczach, a my w innych, na tym polega zespół. W czym problem?

Ja przygotuję ładną ofertę, a Basia już pójdzie tam osobiście i przedstawi ją wspaniałym menedżerom w wysoce profesjonalny sposób. Tak. To dobry pomysł. To więcej niż dobry pomysł. To pomysł pikantny, egzotyczny i dobrze wysmażony. Dzięki temu, o czym Basia jest przekonana, nasz oddział osiągnie założony target oraz zwiększy procentowy udział w targecie ogółem. Ach! Basia ma nawet lepszy pomysł. To Aneta tam pójdzie i przedstawi wszystko, jak należy.

– Tylko, Anetko, ty mi się postaraj, Anetko, nie rób mi zawodu, proszę ja ciebie – mówi Basia i marszczy brwi. – Sytuacja jest czysta, sprawa jest prosta, bez co najmniej pięciu rachunków osobistych nie wracaj. Bez przynajmniej trzech złotych kart się nie pokazuj, bo inaczej wiesz, co to znaczy.

– Oj, Basiu, ale ja jutro miałam odebrać z przychodni wyniki dziecka. – Aneta dobrze wie, co to znaczy, ale jak zwykle marudzi, co za maruda z niej straszna.

– A co, nie możesz tego zrobić pojutrze? – pyta Basia. – No, Aneta, kogo ja tam wyślę? Gocha jest mi tutaj potrzebna, a oni? Przecież nie wyślę

Mirka ani Joli, rozumiesz dlaczego? No sama wiesz, jak jest. No ja ci chyba tego tłumaczyć nie muszę – tutaj Basia patrzy wymownie w moją stronę. – Od czego masz męża, niech odbierze te wyniki.

– Tak – mówi Gocha, uśmiechając się do Basi. – Do czegoś wreszcie się przyda, od czego ma się męża!

Aneta kręci głową, ale tak, żeby Basia tego nie widziała, ponieważ gdyby Basia to zobaczyła, to zaraz by coś powiedziała, zaraz by się zmartwiła. A Aneta nie chce martwić Basi. Wie, że nie wolno martwić Basi, bo Basia się rozchoruje ze zmartwienia i coś się jej wówczas może stać, a takiej drugiej jak ta Basia to już nie znajdziemy. Bez Basi czeka nas życie w głębokich ciemnościach. Ze świecą takiej szukać! Basia jest czuła, kulturalna, kochająca, przystojna i wierna. Basia jest smukła, strzelista, zawsze uśmiechnięta, pełna pokory i nie pozwoli, by jej pracownikom stała się krzywda.

Wieżo z kości słoniowej, Basiu, zmiłuj się nad nami. Gwiazdo zaranna, Basiu, módl się za nami. Basiu, pocieszycielko strapionych, ucieczko grzesznych, wspomożenie wiernych, księżniczko ogólnie przytrzymanych, królowo męczenników, Basiu, módl się za nami, Basiu najmilsza, Basiu przedziwna, Basiu najśliczniejsza, Basiu dobrej rady, módl się za nami, królowo przytrutych salmonellą konsumentów, opiekunko zatrwożonych wysokością rachunku abonentów, pocieszycielko ofiar zatorów płatniczych, wspomożenie windykatorów, spraw, abyśmy stali się godnymi premii i zasłużyli na urlop w fikuśnej bieliźnie.

czwartek

Dziś Basia postanowiła przyjść na sam styk, czyli tuż przed godziną otwarcia oddziału. Wpada, powiewając jedwabnym szalem w kolorze sraczki, i przelatując na zaplecze, rzuca:

– Otwarliście?

– Nie – mówi Gocha z takim wyrazem twarzy, jakby jej się coś wylało na bluzkę.

– Dlaczego?

Basia zatrzymuje się w drzwiach do zaplecza, niezadowolona, że musiała to zrobić, zatrzymać się, zapytać, bo brukowiec pali jej się w rękach, dzisiaj dodatek „Wczasy", oferty „last minute", zawsze przyjemnie poczytać, popatrzeć, wyobrazić sobie, jak by to mogło być: plaża dziesięć metrów od hotelu, a basen nawet bliżej, szwedzki stół, regionalne smakołyki, original zorba music live. – Dlaczego?

– System padł – mówi Gocha.

– To nie wiesz, co się w takiej sytuacji robi? – rzuca Basia gniewnie. – Zadzwoń na helpa.

21

– Basiu, dzwoniłam – mówi Gocha – pierwsze, co zrobiłam, to zadzwoniłam.

– Gośka – mówi Basia tonem surowym i półoficjalnym – pierwsze, co masz zrobić, to nie dzwonić od razu na helpa jak głupia, tylko sprawdzić w ustawieniach, przecież wiesz, jaka jest instrukcja uruchamiania? Gośka, czy ja ci to muszę za każdym razem przypominać? Boże, czy ja was nie mogę ani na chwilę zostawić samych?

Basia jest podminowana, bo brukowiec, jak statek bez cumy, podryfował na wody terytorialne obcego mocarstwa, dodatek „Wypas" poszedł się, za przeproszeniem, jebać.

– Basiu, ja już to robiłam... – mówi zrezygnowana Gocha, ale Basia nie daje jej dojść do słowa.

– Gośka, no ja wiem, co ty robiłaś. Myślisz, że nie widzę, co ty robiłaś? Wszystko pootwierane! – Sama bierze się do uruchamiania systemu. – Gośka, jak jeszcze raz zadzwonisz na helpa bez mojej zgody, to zobaczysz, co ci zrobię.

Teraz Basia złota rączka siada za pulpitem sterowniczym i miesza jak stara, próbuje, restartuje, wpisuje hasła, drukuje strony testowe drukarek, przesuwa przedmioty na biurku, potrząsa myszką, podnosi klawiaturę, by pod nią zaglądnąć, wkłada dyskietkę i wyjmuje ją z powrotem, naciska wyłącznik monitora, zmienia kontrast i jasność obrazu, restartuje raz jeszcze, patrzy, marszczy nos, wygina brwi, słowem, intensywnie myśli.

– Nie wiem, co się dzieje – mówi wreszcie.

– Gośka, zadzwoń na helpa.

– Już dzwoniłam – mówi Gocha.

– To zadzwoń jeszcze raz – mówi Basia, doprowadzona przez Gośkę do ostateczności. Ech, ta Gośka! Potrafi być niemiła, umie zajść człowiekowi za skórę.

A klienci szarpią drzwiami, zupełnie jakby drzwi były otwarte, tylko trzeba za nie mocniej pociągnąć, a jak się nie otwierają, to pociągnąć jeszcze mocniej. Szarpią za drzwi jak nienormalni i mają do tego prawo, ponieważ minęła godzina oficjalnego otwarcia oddziału.

– Już otwieram – Gocha uspokaja klientów, podnosząc mediacyjnie do góry rękę, w której trzyma klucze. – Proszę, proszę, a dzień dobry, dzień dobry.

Nie taki dobry, średni raczej albo i zły, bo klienci chcą wypłacać, wpłacać, dokonywać przelewów, dokonywać tych wszystkich operacji na swoich kontach i kontach swoich firm. Zbliża się wredny koniec miesiąca, a zatem czas uregulować zaległe płatności, raty, podatki, zusy, ubezpieczenia. Urwanie dupy dla drobnego przedsiębiorcy! Niestety, poza wpłatą na konto nie możemy dokonać żadnej z tych transakcji, ponieważ system nie został otwarty i co gorsza, nie bardzo wiadomo, kiedy zostanie otwarty, ale na pytania klientów musimy odpowiadać zgodnie z nabytą ogładą i uprzejmością: – Z pewnością za chwilę, tak, naturalnie, zapewne, rzecz jasna, oczywiście, prosimy się nie niepokoić, wszystko będzie w porządku, wszystko się niebawem wyjaśni, koleżanka już dzwoni do oddziału macierzystego.

Tak jakby oddział macierzysty w jakiś tajemniczy sposób mógł zaradzić temu nieszczęściu. Tak jakby oddziały w całej Polsce nie miały podobnych problemów. Tak jakby ten system nie był, przepraszam za wulgaryzm, chujowym systemem, który zawiesza się, spowalnia, kisi, pracuje, jak chce i kiedy chce.

A klienci tłuszczą się przed kasami. Zniecierpliwieni. Rozdygotani. Zdenerwowani. Już nie siedzimy na swoich stanowiskach, już stoimy i zapewniamy niczym jednostki międzynarodowych sił pokojowych, oderwane od ciepłego posiłku w kantynie i wysłane z nieoddanym stolcem w epicentrum wioskowego linczu, że wszystko będzie w porządku, że to tylko chwilowa – nie wypowiadać słowa „awaria" – chwilowe opóźnienie pracy, ale to wszystko przez złą, niedobrą Telekomunikację Polską, bo widzicie państwo, nasz wspaniały bank pracuje w sieci, a sieć wygląda tak, że łapę na niej trzyma zła, niedobra Telekomunikacja.

Już mi się nie chce. Czuję się, jakbym dostał pałą w pałę.

Tymczasem Basia skończyła brukowca. Przeczytała go od deski do deski i wyłaniając się z zaplecza, pyta: – No co to się dzieje, jeszcze nie naprawili?

– Nie – mówię.

piątek

Czy Basia przyjdzie dziś do pracy na czas, czy zdecyduje się spóźnić? Ależ nie ma o czym mówić. To sprawa Basi. Basia, jak każda jednostka ludzka, ma prawo do robienia tego, co chce, do przychodzenia wtedy, kiedy ma ochotę. To jest w końcu demokracja. No nie jest tak? Czy jest tak? No to o czym my rozmawiamy?

Dziś piątek i każdy od rana jest upojony planami likendowymi. Gocha wybiera się ze szkrabem do parku wodnego, gdzie szkrab, wdzięczna ofiara perswazji rynkowej, piszcząc z radości, będzie zjeżdżać w wesołych rurkach, a ona z mężem posiedzi w jacuzzi, które znajduje się opodal zabawnych rurek, dzięki czemu paznokcie u nóg jej zmiękną i Gocha będzie mogła wreszcie obciąć je jak Pan Bóg przykazał. Aneta zamierza doprowadzić różne domowe sprawy do końca, a także udać się na obiad do rodziców, zostawić po obiedzie dziecko i wybrać się z mężem do kina na coś fajnego, niekoniecznie w dużej odległości od miejsca zamieszkania. Jola jeszcze nie ma planów, ale po całym tygodniu pracy jest tak zmęczona, że będzie po prostu odpoczywać przed telewizorem podczas wideosesji z tym, co straciła podczas tygodnia pracy: seriale, poradniki, ekspertyzy, nowinki, doniesienia. Odpowiednia dawka socjopolitycznego melodramatu zapewni jej równowagę uczuciową.

Ja również nie mam jeszcze planów. Wycedzony sagan pracuje na pół gwizdka. Coś mi się kłębi, że ktoś dostał Oscara, a ktoś nie dostał, że jakiś konflikt, że jakiś autokar ze skarpy się sturlikał, że jakaś feta z udziałem największych gwiazd, a wszystko suto podszyte ukrytymi wątkami homoseksualnymi oraz rasistowskimi z zadęciem narodowym. I jeszcze długa bagieta z blagą. Kręci mi się z tego jakaś miniteoria spiskowa. Ale gut ogólnie. Nie ma sensu narzekać.

W oddziale od rana jest wesoło i przyjemnie. Panuje świąteczna atmosfera. Z przyjemnością obsłużę klienta. Właśnie się zbliża!

– Dzień dobry, ja tu chciałem...

– Dzień dobry, w czym mogę panu pomóc?

– Ja tu chciałem, mam taką kartkę...

– Aaa, ma pan nasz cennik i jest pan zainteresowany naszą ofertą, tak?

– Przedstaw panu naszą ofertę – mówi uśmiechnięta Basia, wychylając się znad monitora.

– Właśnie mam zamiar to zrobić. Proszę bardzo, zapraszam pana do pokoju rozmów. Usiądziemy sobie wygodnie, zgoda?

Gibając się w ukłonach niczym gumowy klaun przed niewybredną publiką, tradycyjnie przeprowadzam pana do pokoju rozmów.

– Przede wszystkim chciałbym zapytać, czy Hamburger Bank ma jakieś gwarancje?

– Oczywiście, że tak, obecnie każdy bank posiada gwarancje, to nie ulega żadnej wątpliwości.

– Żebym, wie pan, żebym nie wpłacił, a potem się nie okazało, że bank upadł, a ja nie mogę wypłacić sobie moich pieniędzy.

– W naszym banku może pan wypłacać swoje pieniądze w dowolnym oddziale, nie jest pan przypisany do miejsca założenia rachunku osobistego.

– Wie pan, czasy są takie, że może być różnie. Dzisiaj jest dobrze, a jutro może być źle i wówczas co? Państwo zamkniecie bank, a ja nie będę mógł odzyskać swoich pieniędzy.

– Tak, rozumiem, pieniądze znajdujące się na naszym rachunku może pan wypłacać w całej Polsce niezależnie od tego, gdzie aktualnie się pan znajduje. Potrzebny jest do tego tylko dowód osobisty.

– Słyszał pan o tej aferze, taki dobry bank, miałem tam trochę swoich pieniędzy, i z dnia na dzień już nie wypłacali, wie pan, o co chodzi?

– Tak, oczywiście, pieniądze z naszego rachunku może pan także wypłacać, używając tej oto karty bankomatowej, w ponad pięciuset bankomatach w całej Polsce.

– Załóż panu rachunek osobisty – mówi uśmiechnięta Basia, wychylając głowę zza szyby.

– Wie pan, ja jestem ostrożny, ja wolę dwa razy się zastanowić, dwa razy sprawdzić, niżbym potem miał żałować. W końcu to moje pieniądze.

– Tak, naturalnie. Proszę wypełnić ten formularz i podpisać się pod regulaminem, który jest skonstruowany tak, że w razie czego nic pan nie traci, a nawet nie musi pan go czytać, bo i tak w razie czego nic pan nie traci.

– Zastanawiałem się, tyle jest teraz tych banków, na jednej ulicy trzy, więcej niż sklepów spożywczych, do czego to, wie pan, doszło, a pieniędzy mało.

– Zapraszam pana do kasy, do dokonania pierwszej wpłaty, której nie musi pan dokonywać, ale dobrze by było, bo jak to wygląda, taki pusty rachunek osobisty? Zgodzi się pan ze mną?

– Ja bym nawet wolał, wie pan, przelewać sobie rentę, emeryturę, żeby mi przychodziła prosto na konto. Nie lubię, jak listonosz przynosi, bo on zawsze, wie pan, zawsze oczekuje, żeby mu coś, i wie pan, tą końcówkę, dwa, czasami pięć złotych, no trzeba dać, jak on tak stoi i czeka, no nie wypada inaczej.

– Tak, nie musi pan dawać listonoszowi końcówek, wszystkie one znajdą się na pana rachunku osobistym i będą procentować. Może pan ulokować swoje oszczędności na lokacie terminowej, gdzie procent jest jeszcze wyższy i lepszy.

– Sąsiad patrzy przez wziernik, widzi, co się dzieje, wie pan, o co chodzi, a po co, proszę pana, niech mi pan powie, ja mam sąsiadowi pokazywać, ile ja mam renty, emerytury, po co, ja się pytam, on ma to wiedzieć?

– W naszym banku zawsze panuje wspaniała atmosfera, właśnie w trosce o klientów zaprojektowano ten wspaniały pastelowy wystrój wnętrz, który uspokaja i skłania.

– To jest, proszę pana, wygoda, że się nie trzyma swoich pieniędzy w domu. Rozumie pan, czasy są takie, jakie są, różnie może być, a bo to mało człowiek słyszy o tych rabunkach i włamaniach.

– Proszę się nie martwić. To wszystko. Dziękujemy za korzystanie z naszych usług. Zapraszam za tydzień do odbioru karty bankomatowej, będącej dodatkowym atutem posiadania rachunku rozliczeniowego w naszym banku. Do widzenia panu.

– A tak to przynajmniej moje pieniądze będą sobie leżeć i procentować.

– Do widzenia.

Udało się! Strzelony-zatopiony! Upolowany! Jestem z siebie dumny.

Już to widzę, już to słyszę, już to czuję na własnej skórze:

Drodzy Koledzy, przedstawiamy oto sylwetkę znakomitego, szczerego Mirka – pracownika miesiąca listopada. Czasu wolnego przy tak intensywnej pracy ma niewiele, ale jeśli uda się wygospodarować choć chwilę, znakomity Mirek poświęca go na układanie puzzli krajobrazowych (to świetnie usuwa stres!) i filmy pornograficzno-przyrodnicze. Dobrą sensacją i doniesieniami na żywo z wojny też – a jakże – nie pogardzi. Jego pasją jest również wędkowanie z ampułkami i adrenalne grzybobranie w gumowych rękawicach rozmiar XL. Gratulujemy sukcesu!

Basia nie przerywa porywającej gry w kulki, widzę jednak, że jej twarz pokrywa pleśń uśmiechu. Dziękuję ci, Basiu, przyczyno wszelkiej radości, twój niejasny uśmiech jest dla mnie... ee... nagrodą? No nieważne, do kurwy zgrzebnej nędzy polskiej i ogólnoświatowej. Ważne, że dzisiaj piątek.

niedziela

Właściwie nic się nie dzieje. Wstałeś tylko zadziwiająco wcześnie z zastanawiająco nieregularnym rytmem pikawy. Powoli pijesz pierwszą z brzegu ciecz, a dopiero po chwili zdajesz sobie sprawę, że to na wpół zaflegmiona woda, w której ktoś moczył sztuczną szczękę. Głuche wspomnienie wczorajszego wieczoru wbija ci się w czoło ćwiekiem niemożliwego bólu, roztaczając wokół zapach niezdrowej smażeniny. Unosząc desperacko powieki, zaczynasz rozpoznawać zarysy niezrozumiale staroświeckiego AGD. W łóżku obok miast cud-blondi z wąskim tyłeczkiem i dużymi balonikami, z jaką wydawało ci się, że kończyłeś wieczór, leży, chrapiąc jak knur, rozanielona halucynacja starszego, korpulentnego, wyliniałego pana w żółtych, wyraźnie przechodzonych bawełnianych majtkach, zsuniętych ze zwiotczałego tyłka.

Rodzi się w tobie niejasne uczucie, że praca nie daje ci satysfakcji, a telewizja co święta odgrzewa ten sam superhit syf sprzed dwudziestu lat, podany w pakiecie „super fresh".

sobota

Wywołany mocnym sucharem demon filozofii samplingu zaczynał swój płodny transcendentalny taniec, wiercąc się jak porno-Siwa na silikonowej brzytwie konceptu, błyskotliwej konwersacji i taniego dowcipu. Znajdowaliśmy się, niechże, kurde, zgadnę... w odległości jakieś pół gie od reszty bananowego świata. Czas, ten krzywo dopierdalający sukinsyn, tym razem stanął jak pała. W każdym z nas zastygł – niczym owad w sfabrykowanym bursztynie – ten krótki moment niepotrzebnego show odbijający się wszem wobec w niekończącym się szeregu wzdętych luster. Kwestie palące i postrzeczywiste bolączki budziły się i padały w umysłach jak jednodniówki, aż darń pamięci podręcznej zalała szmojtowata kipiel betonowego błogostanu.

Jednakże mistyczne toxicwibracje, dotykane świadomością tylko w chwilach ostrej zapaści, po zaledwie kilku epileptycznych razach zaczynają wyglądać podejrzanie tak samo. Cudowne i wyzwolone z wszelakich ograniczeń znieczulenie pryska jak bajka mydlana rodem ze zdrowej, bo sojowej soup opery, podanej w praktycznym koncentracie. Ale aż do końca nie chce się uwierzyć, że to już koniec drogi. I że nie ty jedziesz, tylko ciebie wiozą.

On, zrobiony jak ta lala, do cna wyzuty z poczucia dobrego pubsmaku i surowej ground-zero-etykiety, stoi w drgawkach paraliżu konwencjonalnych środków rażenia, jak gumowy toplessbokser, wyjęty z tekturowego opakowania „strong man action", i peroruje w przekonaniu, że oto narodził się nowy, bardzo medialny gatunek politycznego oratorium. Zdecydowane i nachalne wyrażenie obywatelskiego sprzeciwu przed oczami niczego niepodejrzewających potencjalnych odbiorców.

– W tak zwanej slap-stick-demokracji – mówi, kreśląc w powietrzu pantomimiczne piruety, jakby neurotycznie dyrygował ruchem na zakorkowanym skrzyżowaniu – wbrew przyjętym wcześniej założeniom, istnieje głęboka i wyraźna niechęć do rzeczywistego wpływu szerokich mas, ponieważ mogłyby one zagrozić nierównemu podziałowi bogactwa.

niedziela

Budzisz się pokryty wewnętrzną egzemą i łapiesz dobrą nowinę wielkich radiostacji, do bólu powtarzających the very very best of. Chcąc nie chcąc, z bólem serca, tyłka i pachwin, musisz poddać się systematycznemu procesowi udomowiania, ogolić do białości żuchwy, wytrzeć nos, wygrzebać zasiedziałe narko-zaropiałki, splunąć gęstą charą przez lewe ramię i zacząć nucić wesołe melodie znanych reklam. Pirackie rozgłośnie, drodzy państwo, posłusznie wykastrowane. Tak zwana demokracja tłucze pałą propagandy i cichego policyjnego terroru wolną myśl i każdy przejaw niesubordynowanej inwencji. Cała reszta człekokształtnych abonentów zamiast mózgów ma już polipowatą masę. Eter wypełniają wylansowane przez bogatych producentów i właścicieli mass mediów wygotowane z kalorii przeboje. Podryguj przed ubojem! Podryguj!

Nie dziś. Patrzysz nieprzytomnie na poprzedni wieczór i z wciąż suchymi, sklejonymi ustami zaczynasz uświadamiać sobie, że margines konsekwen-

cji zażywania ekstatycznych patentów na przeciąże-
nia jest kurewsko szeroki. Zbyt kurewsko szeroki.

sobota

Oczekiwane szczytowanie przeszło bezgłoś-
nie, w pozorujących orgazm zaledwie kilkusekun-
dowych sekwencjach. Teraz pozostaje przedzierać
się przez enigmatyczną rzeczywistość, dając bezna-
dziejne sygnały słabowitą racą.

Znajdujemy się na tratwie mgieł w odległości
jeden gie od reszty świata. Jesteśmy tutaj, w epicentrum źle nawiniętej szpuli. Ukierunkowani na wartości odgórnie zaplanowane i ogólnie przyzwolone.
Zatrzymujemy przypuszczalnie darmowe taksówki
w kierunku rzekomego światła. Wirujemy na obrze-
żach smogu informacyjnego, pokryci białym nalotem
cugu, absolutnie pozbawieni dokonujących selekcji
receptorów, naicyny i węglanu sodu. Edytor psychoz
układa coraz to nowe fragmenty informacji w skoń-
czoną układankę. Tkwimy w tym gulaszu po same
otwory gębowe. I nie da się go przejeść.

On, na wpół rozebrany, paranoik na bokser-
skim rauszu, brakujące ogniwo w teorii rewolucji,
stoi, napięty niby wydziarany jak pełna kolorowych
idoli makatka, łykowaty git, i chce się napierdalać
z kolesiem. Z wszystkimi tymi ubranymi we frazesy
dobrego smaku kolesiami z drobnomiejskiego mi-

nimrowiska. Tylko że poza nami i poza oczekującymi na swoich bejsbolowych królewiczów złotopodmiejskimi królewnami nikogo tu nie ma. I w tym cały jest ambaras.

– Istnieją dwie kasty obywateli – mówi, kładąc na nowo solidne podwaliny pod samczy świat: pierwsza kasta to garstka oficjeli, którym usunięto szpecące tatuaże, to oni analizują, wykonują, kontrolują, decydują i kierują działaniem systemów. Pozostali to zdezorientowana masa, jej rola jest prosta: rola widzów, którym od czasu do czasu pozwala się poprzeć przedstawiciela kasty wyspecjalizowanej, to jest właśnie ta, niechże ją nazwę po imieniu, kurwa demokracja. System nie może pozwolić, żeby zdezorientowana tłuszcza stratowała kastę wyspecjalizowaną, co przecież zdarzało się wielokrotnie – ciągnie jak zaczarowany, a sala jest nienaturalnie cicha i dziwnie bierna – potrzebne jest zatem narzędzie do jej poskromienia, dlatego właśnie utrzymujemy system edukacyjny, podporządkowany i nakierowany na kastę rządzącą, a poddający masę dogłębnej indoktrynacji. Propaganda, moi państwo, jest dla demokracji tym, czym pała dla instytucji totalitarnych. Żremy, śpimy, kopcimy się, stygniemy pod okupacją mediów, pod dyktatem technologii. Chcąc zachować resztki przyzwoitości, musimy się sprzeciwiać. Mamy prawo do aktów terroru!

Ten niezbyt ciekawy widok zatrzymuje się w mojej świadomości przez krótką chwilę, by zaraz powrócić z impetem, by powracać z impetem. By powracać z impetem. Powidoki. Patrzymy na niego, który stoi i króluje na środku lokalu z półlitrowym kuflem w uniesionej dłoni, i staramy się uchwycić sens jego wybrzmiewających słów. Pamiętam wszystko, ale żadnych konkretów. Umysł nieodparcie otwiera kartę dań na kolorowym piktogramie: kotlet karkowy z kością w przyprawach.

— Chcecie wiedzieć, kto? Tak naprawdę zasady zawsze ustalają wielkie, strategicznie ze sobą powiązane korporacje. To one decydują, jaki produkt wdrożyć w danym roku, one determinują charakter rynku, jego obszar i zasięg. Chcecie wiedzieć, kto? Skurwysyny, które kontrolują obraz wielkich kampanii w mediach, mają wszystkie przyciski w ręku. Producenci betonu i batoników. Sojowe szychy i kukurydziani bossowie. Inseminatorzy krzywego materiału. Niewyobrażalnie bogaci frustraci, którzy jak bogowie przejeżdżają z rzadka przez miasto kolumną pancernych gablot, w kakofonii klaksonów i gęstej obstawie policyjnej.

niedziela

Budzisz się na gigantzwale, jakiego jeszcze nigdy dotąd nie zaliczyłeś. Otwierasz oczy, a nachalna pamięć podręczna wciska ci na tapetę jakże drogi jeszcze wczoraj obraz jej przypadkowej, psychodelicznie uśmiechniętej, zrobionej gęby.

Zdeflorowana nieubłaganymi znakami czasu maska nie wyraża niczego. Niczego. Jest złapana w ten niejasny, orgiastyczny halogrymas. Jest wpisana wektorowo w obsceniczne gsmobrazy wolności. W dziką karykaturę marlboro country. Spalona i pokrzywiona rękoma jakiegoś zdegenerowanego hurraoptymistycznego garncarza. Wersja hard core z defektem źrenic.

No, jak zwał, tak zwał, generalnie zwał. Bez gumowych rękawic, człowieku, nie podchodź. Dziś już nie otrząśniesz się na tyle, by pozwolić sobie na nieskrępowane oralne fantazje odziane w skąpe i frywolne treści odpustowe. Wyrzuć to wspomnienie precz, nim zwrócisz treść żołądka.

sobota

Spod niefachowej przecierki jej nieludzko pięknej twarzy wyziera szlam rzeczywistości równoległej, skapującej w wymiar czterech skoczni jak rtęć. Plum. Rdzawe ślady na pokrytym sztucznym

śniegiem białym stoku. Plum. Niepostrzeżenie od-
czuwasz nieprzepartą ochotę na sporą dawkę trików
specjalnych.

– Za każdym razem, gdy bogate pizdy mówią
o rozwiązywaniu problemów biednych, kończy się to
głodem, utratą wolności i grabieżą zasobów natural-
nych. Kto? Ja się pytam, kto? No kto? No, kurwa,
kto? Oligarchia trzęsąca światem! – Kopyto szczytuje
wezbrany przekazem, podczas gdy ja z niezwykłą
wyrazistością dostrzegam nieprzyjemną kroplę, która zasadziła się u czubka jego rozgniecionego, prze-
stawionego i przekrwionego chluposa, by oderwać
się i spaść z plaśnięciem na stolik, plum, i zaraz dostrzegam kolejną paskudną drobinkę wydzieliny,
która się pojawia, by przy drganiach pobudzonego
korpusu oderwać się i spaść na stolik, plum. Ej, coś
ci się ulewa, panie wylew. Coś ci się ulewa!

Bigos patrzy na nas nieprzytomny, po czym
bierze dramatyczny zamach ręką, w której ściska
pusty kufel. Chwilę, dla zbudowania aktorskiego napięcia, trzyma ją nad głową, garbując skrzywioną
maskę bieżnikiem frustracji, dzierżąc hipnotycznie
wtyczkę do superprodukcji, których nigdy nie było
mu dane oglądać, by zaraz potem kuflem rzucić jak
rozpalonym mołotowem, bach! brzęk! pik! O kurwa,
nam i gościom lokalu usadowionym przy stolikach
sypie się na głowy nie ogień, lecz suchy lód. Pani

siedząca tyłem nie odwraca się przezornie, ale zdejmuje szybkim ruchem ręki duży kawał szkła z długich, kręconych, ciemnych, wypicowanych włosów. Kelnerka o wyglądzie ultramaryny uprzejmie prosi, żeby Bigos wyszedł, ale on trzyma się krzesła i krzyczy jak popierdolony.

– Nie! Nie! Skujcie mnie! Zadzwońcie po kurwy! Pierdolem to! Pierdolem to wszystko! Pierdolem system!

Dobrze, zgoda, wy pierdolić system, my pierdolić system, uspokój się, siadaj, potrzebny jest skandal, ale w dobrym guście. Rozpieprzanie szklanki nad głowami Bogu ducha winnych obywateli państwa demokratycznego, którzy w tym momencie są poza zasięgiem swojej ulubionej sieci, jest niezrozumieniem sytuacji, niezdolnością empatii i pokazem osiedlowego buractwa, ten rodzaj performance'u z pewnością zostanie źle przyjęty przez obsługę lokalu.

Pani zza baru powoli unosi słuchawkę aparatu, a my, no, stoimy obok, przełykając ostatniego gula jak kulkę analną. Jeszcze nie możemy cieszyć się rozkoszą smaku. Jeszcze nie rozumiemy. Nie dociera do nas sens tego seksu.

To ma być party? To chyba żarty. Wszystko wydaje się jakieś zrobione. Łącznie z całą tą meliną, w której przewody kanalizacyjne sroca porośnięte są gęstą, szarą, włochatą pleśnią, przez co toaleta, żeby tak ją nazwać eufemistycznie, śmierdzi odurzająco grzybem-mocznikiem, a deska sedesowa jest obszczana, zakrwawiona, zaflegmiona, obsrana. Puszczają nam nerwy, wychodzimy albo zostajemy albo wychodzimy i wchodzimy albo to albo tamto albo coś robimy albo łapiemy tego gościa który coś tam zrobił albo uciekamy albo demiurgicznie podrygujemy w pedalskim pląsie na blacie stołu albo jeszcze coś innego. Nie wiadomo. Do końca nic nie wiadomo.

Spieprzona demokracja, taoistyczne metody zapobiegania zapłodnieniu, teorie spiskowe o zamazanej strukturze, bliżej nieokreślone reklamy batoników. To wszystko żyje wewnątrz zupełnie niezależnym bytem.

Zaczynasz się dusić i myślisz tylko o tym, żeby się wyrzygać. Żeby się wyrzygać i choć na pięć minut mieć spokój. Ale nie. Ciałem szarpią suche torsje. Nic nie wypada na zewnątrz. Nawet kropla.

poniedziałek

Podziękujmy Panu za Jego Dary. Panie, dziękuję ci, że dałeś mi oto możliwość pracy w Hamburger Banku. Dziękuję ci także za to, że atmosfera pracy w oddziale numer dziewięć jest wspaniała. Najważniejsze to wspaniała atmosfera pracy w miejscu pracy, dobra atmosfera pracy to podstawa w miejscu

pracy i jego okolicach, to pierwsza belka prawid-
łowych stosunków pracowniczych, to fundament
zrozumienia i partnerstwa, to kamień węgielny
przyszłych sukcesów.

– Czy mógłbyś podejść i obsłużyć pana? –
pyta zawadiacko Basia.

– Oczywiście, już podchodzę – odpowiadam
tonem zadowolonego turysty.

– Proszę cię, podaj mi ten wydruk kompu-
terowy – Basia władczym gestem wskazuje na dru-
karkę.

– Proszę cię bardzo, już podaję, oto masz, już
możesz z niego skorzystać – podaję jej uczynnie
i pokornie wydruki jak petent w dramatycznie zatło-
czonym urzędzie z nadzieją na pozytywną weryfika-
cję wniosku przydziałowego.

– Dziękuję, z chęcią od ciebie wezmę – mówi
zadowolona z przebiegu sprawy Basia.

– Cała przyjemność po mojej stronie, czy coś
ci jeszcze podać? – pytam roztropnie i romantycznie.

– Dziękuję, nie – odpowiada odprężona
Basia.

Jestem miłym pracownikiem obsługującym
podmioty indywidualne. To zaszczytna, oparta na
engine trzeciego Q rola.

– Ale tu u państwa miło, obsługa przyjemna –
mówi miła starsza pani.

– Ależ to nasz obowiązek – odpowiada jej Basia.

– No tak, ale przecież nie musieliby państwo, to nie tak jak w innych bankach – starszej pani jest tu tak miło, że aż nie chce wyjść.

– Staramy się, by było naprawdę dobrze – podtrzymuje konwersację Basia.

– Panuje tutaj taka rodzinna atmosfera – starsza pani patrzy z uśmiechem w naszą stronę, a my odwzajemniamy miły uśmiech.

– Bardzo nas to cieszy, że pani się podoba!

– Wnętrza przestronne i ładnie zaprojektowane, naprawdę bardzo mi się podoba – starsza pani rozgląda się wokół i mlaska z zadowolenia.

– Proszę nas odwiedzać częściej – szepcze namiętnie Basia, machinalnie powracając do przerwanej partii kulek.

Niestety, teraz to właśnie Basia musi powiedzieć miłemu klientowi „do widzenia". To właśnie na niej spoczywa ten deprymujący obowiązek. Basia nie skorzysta jednak z pytania pomocniczego. Basia niechętnie podnosi głowę znad monitora i kiwa głową na pożegnanie.

– Przyjdzie taka kurwa i zawraca głowę – dopiero na zapleczu po końskiej dawce etopiryny Gocha staje się sobą. – Co mi tu pierdoli, rodzinna atmosfera, miła obsługa, a co ona sobie myśli, że co my to, nie mamy nic innego do roboty, jak siedzieć i wysłuchiwać jej pieprzenia? To jej załatw, tamto jej załatw, zadzwoń, usiądź, porozmawiaj. Ale to się musi skończyć, trzeba jej powiedzieć, żeby sobie nie myślała za dużo, trzeba jej powiedzieć.

Na zapleczu jemy drożdżówki i pijemy herbatę ekspresową, a nawet robimy sobie tosty, jak nam się chce, a jak nam się nie chce, to nie robimy. Choć zdarza się, że urządzamy tam różne uroczystości. Na przykład ktoś z pracowników ma imieniny lub urodziny. Wówczas koniecznie musi przynieść drożdżówki i szampana. Basia jest wielką amatorką szampanów, ale nie takich, na których jest napisane coś po rusku. Basia pije szampana i kołysząc się, opowiada, że co ona by mogła, jakby mogła, że jakby mogła, toby chciała leżeć na Bahamach i popijać te zimne drinki z maleńkimi parasolkami. Bahamy Bahamami, ale Aneta patrzy ukradkiem na zegarek, żeby tylko szybciej wyjść do domu, na Boga, bo ileż można w tej pracy siedzieć?

wtorek

– Dzień dobry paniom – mówi pan klient, unosząc staroświecki melonik.

– Hi hi hi – chichoczą wesoło dziewczyny jak spłoszone nastolatki.

– I panu też – pan zwraca się w moją stronę.

– Dzień dobry – kiwam poważnie głową, jak człowiek wykształcony, kulturalny i obyty.

– Rączki całuję wspaniałym paniom – pan klient nie może sobie odmówić przyjemności złożenia na kobiecej dłoni delikatnego pocałunku.

– Co dobrego u pana? – pytam przyjacielsko.

– Dziękuję, ja chciałem zapytać, czy renta już przyszła – pan uśmiecha się w moją stronę.

– Już sprawdzam, jeszcze nie, niestety – wypowiadam te słowa tonem, który ma zasugerować panu moje zmartwienie tym faktem.

– Oj, jeszcze nie? – pan jest rozczarowany. – Bo ja mam tyle teraz płatności... Niech pan mi powie, kiedy to może przyjść?

– Standardowo to przychodzi dwudziestego szóstego, jak jeszcze nie ma, to najwyraźniej spóźniają się, wie pan, jak to jest – robię cierpiętniczy grymas twarzy – w i e p a n j a k t o j e s t p o l s k a-s y f n i c n i e d z i a ł a t a k j a k p o w i n n o.

– Wiem, wiem, ale ja mam teraz takie płatności – pan mimo wszystko jest niepocieszony, jakby nie potrafił zrozumieć, że to Polska, syf, że nic nie działa, tak jak powinno.

– Renty jeszcze nie ma – mówi stanowczo Basia. – No nie ma, ja nie wiem, dlaczego nie ma, ZUS, proszę pana, jest tutaj zaraz obok, to niech pan się idzie zapytać, dlaczego nie przelali, u nas, proszę pana, księgują na koncie od razu, jak tylko renta przychodzi, to księgują, tak jest, to proszę przyjść zapytać po południu, ale nie gwarantuję, że będzie, do widzenia.

Patrzymy w ciszy, jak smutny starszy pan obraca się na pięcie, wychodzi z oddziału i miesza się ze smutnym szarym tłumem, smętnie człapiącym wśród brudnych kałuż i psich odchodów.

– A ty wiesz, co on ma za płatności? – mówi Gocha, jak już jej melancholia wychodzi bokiem przez nery. – Nie wiesz? No nie mów, że nie wiesz, co? Nie? To ja ci powiem, alimenty, a co myślisz? Myślisz, że ja nie wiem? Stary pierdziel będzie tu przychodził co godzinę i truł dupę, jeszcze mi ślinił ręce, a idź, obrzydliwy jest, cuchnie mu z ryja czosnkiem, daj spokój, myślałam, że się zerzygam.

– Alimenty? – pytam, bo takie rzeczy są zawsze ciekawe. – W jego wieku?

– A co myślisz? Że gaz i prąd? Jak Pan Bóg dopuści, to i z kija spuści. – Gocha, co tu dużo mówić, zna się na ludziach. – Ty wiesz, o co chodzi, przychodzi ta dziadyga i płacze, rodzina mu żyć nie daje. A idź, jakbym go pierdolnęła dziada, kurwa, toby miał, cała renta na alimenty. Zachciało mu się na stare lata, gdzie to, siedemdziesiąt lat i alimenty ma teraz, i będzie mi tu przychodził i płakał, będzie mi tu pierdolił o rencie, emeryturze, kutas jeden. Na chleb nie ma... idźże, idźże z takimi flejami, stary pierdoła, na ćmagę mu się zachciało, kutasowi.

– Gośka, no to po co mu zakładałaś konto? – pyta Basia. – Przecież na pierwszy rzut oka widać, że zaraz po dwóch dniach przyleci i będzie chciał debet robić.

– Kto? Ja mu zakładałam? – Gocha patrzy na Basię takim wzrokiem, jakby to Basia zakładała.

– A kto, ja mu zakładałam?! – Basia patrzy na Gochę wzrokiem, który nie znosi sprzeciwu.

– No, może ja mu założyłam – mówi Gocha – ale Basiu, przecież wiesz, że potrzebowaliśmy do targetu.

– To teraz mamy – mówi Basia. – Przychodzi co dwa dni i pyta się jak głupi, a jak już renta przyjdzie, to wypłaca ją co do grosika. Naprawdę, Gośka, takich klientów nam nie potrzeba.

– Basiu, ja dobrze wiem, że takich klientów nam nie potrzeba, dlatego teraz już bym mu nie założyła – mówi Gocha i denerwuje się wewnętrznie.

Kiedy Gocha denerwuje się wewnętrznie, ciska długopisem o blat stołu i wychodzi, kołysząc dużym, lecz uwiędłym biustem, na zaplecze, a tak naprawdę do kibla zapalić, choć tego nie wolno, ponieważ zabraniają tego procedury wewnętrzne, a i przy okazji parzy w rozgniewaniu herbatę i połyka dobrze wyglądające tabletki, które mają ochronić jej ciało przed szkodliwymi nadczynnościami złośliwych faktorów zewnętrznych.

środa

– Dzień dobry, panie Bogdanie, nowy samochodzik widzę, lanosik? Ładny, no trzeba przyznać, że ładny. Co będziemy dzisiaj robić? Przelewiki? Z konta firmowego czy z osobistego, najpierw wpłata na osobiste, a potem na firmowe, tak? Mirek, obsłuż pana Bogdana, już nie sprawdzaj panu Bogdanowi dowodu, przecież od razu widać, że to pan Bogdan, proszę bardzo, niech pan usiądzie wygodnie i poczeka, kolega zaraz przyniesie panu potwierdzenia do podpisania. Co tam słychać, panie Bogdanie? Interes się kręci, że tak się wyrażę? No to miło mi słyszeć, że jakoś się kręci. Tak, tak, wiem, jaka jest sytuacja na rynku, tak, nic się nie dzieje, ale komu dzisiaj jest łatwo? No miejmy nadzieję... Mirek, co tam z tymi przelewami? Jeszcze nie? Pospiesz się, pan Bogdan nie może tak długo czekać, wiadomo, firma – obowiązki. Mój znajomy też ma taki samochód, tylko że czerwony. No, muszę powiedzieć, że się dobrze prezentuje, ale wiadomo, jak się prowadzi poważne interesy, trzeba jakoś się... Mirek, co z tymi przelewami? Są? To dawaj je tutaj raz-dwa, jeszcze pieczątki? Ojej, jak ci to długo schodzi, proszę bardzo, panie Bogdanie, proszę się tutaj podpisać, i tutaj, tak, proszę, potwierdzenie na zielonej kopii dla pana, oczywiście, że może je pan wyrzucić, jak pan sobie życzy, to już pana sprawa. Zalecałabym je jednak zatrzymać aż do otrzymania miesięcznego wyciągu z konta, sprawdzi sobie pan, porówna, czy wszystko się zgadza, ależ tak, nie musi pan tego robić, przecież to jest bank, tutaj wszystko musi się zgadzać, no nie może być inaczej, ależ nie, cała przyjemność po naszej stronie, proszę bardzo, i zapraszamy serdecznie, panie Bogdanie, koniecznie proszę pozdrowić żonę!

Pan Bogdan jest w rzeczy samej przejedzony i nietykalny. Choć odpowiedzialny. Za rozmaite korporacyjne przekręty. A jego żona za dużo dzwoni. Dobrana z nich para. No, pozdrowi, pozdrowi, co by nie miał pozdrowić, jak pozdrowi. – Raz na wozie, raz pod wąsem, najważniejsze, żeby się kręciło, jak to mówią – rzuca pan Bogdan na odchodnym, a jego spodnie zwisają z tyłka jak zwiotczała skóra. Pan Bogdan wsiada do nowego lanosika, głośno purkając w wygodne siedzenie, obciera sobie rękawem nos i spokojnie zjeżdża z wysokiego krawężnika, że aż mu lanosik stęka, co natychmiast napawa pana Bogdana nabożnym lękiem o zawieszenie. Pan Bogdan przyrzeka sobie solennie w duchu, że następnym razem zwróci uwagę uprzejmej obsłudze banku, że należałoby zadbać też o właściwe, praktyczne miejsca do parkowania dla zmotoryzowanych klientów.

Basia patrzy w uniesieniu, jak pan Bogdan płynnie włącza się do ruchu, i przez ten nabożny moment czuje, jakby miała kontakt z transcendencją. Taki klient to skarb! I jakże ładnie załatwił sprawę ze swoimi pracownikami! To znaczy Basia załatwiła, a pan Bogdan tylko wyraźnie powiedział: więcej pensji do ręki nie dostaną, bo to jest w końcu XXI wiek i ten kraj musi wreszcie wyglądać, jak trzeba, nie dostaną pieniążków do ręki, od dziś pensja będzie przelewana na rachunek oszczędnościowo-rozliczeniowy zwany w skrócie rachunkiem ROR, a jak się będą ociągać, ci niewdzięczni pracownicy, te niewydarzone i rozwydrzone restauracyjne pindy, to się im powie, żeby nie robiły jaj, bo to nie jest zakład państwowy, żeby stroić fochy, a jak im się nie podoba, to wypierdalać. I nic nikogo nie obchodzi, że po wypłatę trzeba teraz dymać pół miasta, jakie znaczenie ma życie zasobów ludzkich i ich małe problemy wobec nieskończoności i potęgi wszechświata? No właśnie.

– Pojechał ten cwaniak? – pyta Gocha i patrzy przez okno. – Pojechał?

– Gośka, no co ty mówisz – pyta Basia, a w ustach momentalnie pojawia się jej taki gorzki, nieprzyjemny posmak.

– No cwaniak, Basiu, dorobił się na wałach. Co? Myślisz, że ja nie wiem? Ile to lat temu stał pod kinem i sprzedawał bilety? Waluciarz, w dupę jebany, teraz dwie restauracje, jak był posłem, to tylko z łapówek żył, diety mu wystarczały na fajki, pensjonariusz łapówkowy. I jeszcze wam powiem, zabił gościa po pijaku i nic, zapłacił, posmarował, jeździ dalej, żona i dzieci w domu, a kochankę wiceprezeską firmy zrobił, a pewnie, widziałam ją, przychodził z nią, pizda taka, nawet się odezwać nie umiała, on też nie lepszy...

— Gośka, może się zamkniesz? A poza tym, skąd ty to wszystko wiesz? — Basia jest zła, a jej odrestaurowane, pełne ciepła, przepojone światłem emanującym z ciał biznesmenów wnętrze zaczyna drgać niczym wprowadzona w niebezpieczne wibracje wadliwa konstrukcja mostu.

— Basiu, skąd ja wiem? Wiem, nie muszę nawet wiedzieć, skąd wiem. Wiem, no wiem, mówili mi, myślisz, że ludzie nie wiedzą? — Gocha patrzy na Basię, bo chce, żeby Basia poznała prawdę i tylko prawdę.

— Ludzie, Gośka, to różne rzeczy mówią. — Basia uśmiecha się, bo wie, że i tym razem, jak zwykle, prawda zabrzmi według jej slapstickowej wersji.

Gocha denerwuje się wewnętrznie, rzuca notes na blat i wychodzi do kibla zapalić, po czym drobiazgowo usunie wszelakie ślady, które mogłyby wskazywać, że paliła w kiblu. Popiół zniknie w rurach kanalizacji, a pet, który przecież nie zatonie, nie

można go utopić w kiblu, zostanie ukryty w miniko-
szu na śmieci, stojącym przy drzwiach.

— Ta kurwa myśli, że jestem wczorajsza —
rzuca mi Gocha w drodze do toalety.

czwartek

— A dzień dobry pani, miło panią widzieć,
koleżanka już panią obsłuży – mówi Basia, wskazując
dłonią na Gochę, ponieważ klientka znalazła się zbyt
blisko stanowiska pracy, co mogło brutalnie prze-
rwać pasjonującego elektronicznego pasjansa.

— Taak? — Gocha patrzy na panią ze sztucznym, przyklejonym uśmiechem. — Sprawdzić stan
konta? Już, proszę usiąść, pieniążków jeszcze nie ma
na koncie, może po południu, proszę zostawić telefon, zadzwonię do pani, jak tylko coś będzie.

— Zadzwoni pani? — pyta klientka, patrząc
na Basię.

— Oczywiście — mówi Gocha. — Mamy do pani
numer?

— Jest w systemie – mówi Basia, nie odrywając
się od gry.

— Z pewnością — zgadza się pani. — Podawa-
łam na formularzu.

— To na pewno mamy – mówi Gocha.

— No to czekam na telefon – mówi pani. – Do
widzenia.

– Gośka, jeżeli mówię ci, że telefon jest w systemie, to po co z nią jeszcze dyskutujesz? – mówi Basia, nie przerywając pasjansa.

– Basiu, ale kto z nią dyskutuje, ja? – Gocha patrzy w nasze twarze zdumiona.

– No nie, ja – mówi Basia z przekąsem.

– Wiesz, Basiu, to ja ci coś powiem. Chodziłam z nią do podstawówki – mówi Gocha, żeby rozładować i wyjaśnić nieco sytuację. – Za Francuza wyszła, pomyślałabyś? Takie to było nijakie, ani w tą, ani w tamtą stronę, ani wte, ani wewte, ani be, ani me. A teraz popatrz, wchodzi i wyciąga portfel tak, żeby było widać te jej karty kredytowe, w dupie mam takie karty kredytowe, wszystko elektrony. Myśli, że jak mi błyśnie kartą, to już się zesikam, a to ja się nie znam? Nie widzę? Francuzica francowata się znalazła.

– Gośka, przestań – Basia zgadza się w duchu z Gochą, lecz nie może dać temu wyrazu, ponieważ kulturalni ludzie nie dają wyrazu swoim emocjom, używając języka obraźliwego, w tym słów takich, jak: dupa, gówno, mocz, lesbijka i tym podobne.

piątek

W ten wesoły dzień jesteśmy weseli. Weselimy się. I z tej wesołości od samego rana sprawdzamy, ile zarabiają znani aktorzy i znane modelki, wszystkie te znane persony, które zdecydowały się na założenie konta osobistego w Hamburger Banku. Ot, wpisujemy na chybił trafił jakieś znane nazwisko i jeżeli ów znany pacjent jest w systemie, to zaraz się mu wchodzi w kartotekę i wyciąg.

– O Jezuu, aż tyle! Co miesiąc?! No to są jaja, a popatrz, ile ten dostał za tą reklamę – mówi Aneta, podrygując z niedowierzania na krześle obrotowym, bo w głowie jej się nie mieści, że można zgarnąć tyle kasy za trzy słowa o jakiejś pieprzonej herbacie.

– Skąd wiesz, że to za reklamę? – pytam znudzony, bo rytuał sprawdzania kont znanych aktorów, modelek i innych powtarza się regularnie.

– Masz tu wyraźnie napisane, wpłata tantiem za reklamę, widzisz?

– O kurde, takich pieniędzy to ja w życiu nie będę miał – mechanicznie wypowiadam swoją kwestię, poruszając nerwowo nogami.

– Czekaj, zadzwonię do Eli i powiem jej, bo nie wiem, czy o tym wie – mówi Aneta i wykręca numer do Eli. – Ela? Wiesz co, wiesz, ile ten, wiesz który, dostał za tą reklamę kawy? No zgadnij? Albo wiesz co, weź sobie wejdź do systemu i poszukaj po nazwisku, zdziwisz się.

– Jakie nazwisko? – pyta nagle zainteresowana Basia, a zaraz potem zdumiona wybucha slapstickową euforią. – Mama mi nie uwierzy! A mama tak bardzo lubi tego aktora. Jak jej powiem, to mi nie uwierzy. To będzie dla niej wspaniała niespodzianka na imieniny! – Basia nie będzie musiała nawet kupować prezentu, fajnie!

Przez chwilę w oddziale panuje latynoamerykański ultraoptymizm. W takiej wzniosłej chwili każdy kolejny trik reklamowy przemysłu farmaceutycznego przejdzie bez zająknięcia. Basia sięga zatem po etopirynę i wrzuca w siebie dwie porcyjki: do końca nie może w to uwierzyć. Rany boskie, aż tyle! Patrząc na ekran jak urzeczona i zachęcona przykładem Anety, łapie za telefon i dzwoni do Madzi. Madzia to bardzo dobra daleka znajoma Basi.

– Madzia to bardzo ważny klient – tłumaczy po telefonicznej sjeście Basia. – Zaproszę ją kiedyś do oddziału, ale nie myślcie sobie, że możecie z nią postępować tak jak ze mną, czyli traktować jak koleżankę, jako kogoś równego sobie. O nie! Musicie ją poważać. Jest poważnym menedżerem w megastorze. Zarabia nawet nie wiecie ile, bardzo dużo pieniędzy, no zgadnijcie? Trzy tysiące, a widzicie, nie wiedzieliście.

– Trzy tysiące? – pyta Aneta zdziwiona.

– Trzy, nie inaczej, całe trzy tysiące – potwierdza Basia i patrzy w nasze sztucznie okrągłe ze zdumienia twarze.

No, aż nie chce nam się w to uwierzyć. Patrzymy na Basię z pokornym uniesieniem, że też ona ma takich fajnych znajomych. Całe trzy tysiące! Czego byśmy se za to nie kupili, o miłościwy Jezu!

Basia jest zadowolona jak ta lala malowana, a telefon dzwoni, bo takie jego prawo.

– Gośka, odbierz – mówi Basia.

I Gocha odbiera.

– A, to pan? – w jednej chwili głos Gochy staje się krystalicznie cukierkowy. – Już panu sprawdzam, już mówię. Przelew jeszcze nie przyszedł, tak, jak tylko przyjdzie, zaraz pana powiadomię, oczywiście, to żaden kłopot, nie ma sprawy, polecamy się na przyszłość, dziękuję, do widzenia.

Gocha odkłada słuchawkę i patrzy na nas.

– Frajer, kurwa, dzwoni już dzisiaj trzeci raz i cały czas to samo. A ciąg się, znajduchu. Ja ci dam przelew. Jak ci przypierdolę, to będziesz miał wylew, nie przelew. No ja pierdolę odbieranie jego telefonów, kutasa jednego.

piątek

Są różne mity, z czym kitwaszą proszek, żeby dobrze na tym wyjść. Aspiryna, kreda, tynk, talk i inne świństwa. Różne są też historie, czym nawożą zielone, żeby lepiej gadało. Muchozol jest standardem. Muchozol jest środkiem archetypicznym, wielokrotnie przetestowanym na najcięższych frontach. Muchozol jest środkiem tradycyjnym, a tradycja, jak wiadomo, nie zawsze idzie w parze z nowoczesnością. Liczy się szybkość, możliwość wygenerowania nowego, wspaniałego i mocniejszego smaku. I tak oto naszą starą zieloną znajomą dopala się, weźmy z brzegu, popularnym w środowisku fotoamatorów wywoływaczem.

Może nawet i przechodzonym, a kto ich tam, dilchłopców, wie? Kto ich przypilnuje? Chuj im w dupę, dobre świnie wszystko zjedzą, kozę z nosa zjedzą, jak się im powie, że to gruda, i jeszcze będą gadali, że ostro daje, no taka prawda, co, może nie?

Może tak, może nie, i kto to wie? Tak oto znowu znajdujemy się w warsztacie. Tym razem szwankuje palnik. No jakaś iskra po kablach idzie, ale to jeszcze nie prądy, jeszcze nie szmery, w rurach stęka i kołacze, joystick wiotki jak przegotowana parówka. Jak zwał, tak zwał, tak czy owak zwał. Szara materia smaży się w śmiertelnych drgawkach jak rzeźne jaja tuż przed podaniem tradycyjnego English breakfast.

Śmierć, proszę ja was, jak głoszą święte i niegłupie księgi, jest przede wszystkim procesem biologicznym, wynikającym z zatrzymania metabolizmu komórkowego.

Ale śmierć jest teorią spiskową dziejów. A tak zwane dzieje to jasełka dla zwierząt, których świadomość została nienaturalnie utuczona halucynogenami.

Sny stają się coraz bardziej rzeczywiste. A rzeczywistość coraz bardziej senna. Doping perceptolu wywołuje stany pseudo-pepsi-fazy. A przecież nie tak chcielibyśmy się czuć, nieprawdaż? Nie o takie lasty na Riwierze chodziło. Suchy przyniósł ciemne i postawił na stoliku.

– Cztery sety i coś do mety, voodoo – powiedział, wskazując na obły, znajomy, wyraźnie polski kształt wprawnie ukryty za paskiem.

Zrobi się ją na szybkiego i bezczelnego pod stolikiem. A potem sru w noc buzertango. A tak naprawdę już tu jesteśmy. W multipleksie karykaturalnych doznań.

niedziela

Budzisz się zmięty, skurczony, wypchnięty precz na brzeg z odmętów halosnów i poprzez zamknięte drzwi słyszysz feerię oklasków i błazenadę. Odetchnij z ulgą, zasłaniając usta wierzchem dłoni, jesteś w miejscu, do którego przylgnęła nazwa „dom".

To papa, to mama, a to telewizor.

– A idź ty, z taką rewią uśmiechu, no popatrz się sama, wziął się jeden z drugim przebrał za pajaca i pieprzy bez sensu, stoi i się śmieje sam z siebie, pacan, bucyfał, sakramencki osioł, no patrz, jakie to głupie, jakie to byle jakie, nijakie takie byle co, jak to się z siebie śmieje, a nieśmieszny jest wcale, wcale jest nieśmieszny, baran jeden z drugim, komik się znalazł, a idź, ja już jego mordy nie mogę oglądać, patrzeć nie mogę na jego gębę, o... o... jak to podryguje, jak się zachowuje, jak małpa, jak jakieś nie wiadomo co, i takiemu płacą za to, żeby z siebie robił nie wiadomo co, takie to nijakie, takie to nic, już patrzeć nie mogę, daj mi spokój z tym wszystkim.

– Chcesz, to ci zmienię – i Mutter przełącza na coś serialokształtnego.

– Czekaj, no co robisz, nie przełączaj mi tego, po coś przełączyła, no po coś? Musiałaś to przełączać? Nic tu nie ma ciekawego, co się będziesz patrzeć na głupków, no przełącz mi z powrotem, tamto przynajmniej śmieszne było.

Masz rację, papo! Wszyscy podświadomie chcemy cieszyć się sympatycznymi wartościami na wzór amerykańskiego stylu życia, dlatego media i dupomedioliżący politycy żonglują do bólu populistycznymi frazesami bez pokrycia. Niezależnie od tego, co próbują sprzedać, czynią to, głosząc, że jest dobre dla ogółu. I tak powinno być. Bo tak powinno być. Nie żeby tak nie powinno być.

To papa. To telewizor. A to teleturniej.

– Idźże, idźże, ty głupia krowo, taka jesteś mądra, tak potrafisz mówić? Taka jesteś wygadana? No i co jeszcze powiesz? No popatrz, ja wiedziałam, ja wiedziałam, mówi, ja też wiedziałem, ty krowo, no patrz, jakie to jest cwane takie, jak się zastanawia, jakie miny robi, jaką udaje taką wykształconą, nie wiadomo jaką, i idź, ty głupia krowo, zdecyduj się wreszcie, bo już mi się ciebie słuchać nie chce. No...? No...? Co zrobisz? No...? I co żeś narobiła, krowo? Co żeś narobiła? Masz teraz, śmiej się teraz, gadaj teraz, jakżeś taka mądra, ty głupia krowo, miałaś szesnaście tysięcy, a teraz masz gówno, a taka byłaś mądra, tak ładnie mówiłaś, widzisz?

– Co ty chcesz od tej kobiety – mówi matka.

– A co ty chcesz ode mnie? – pyta stary. – Czepiasz się i czepiasz.

– Ja się ciebie czepiam, tak?

– A kto się czepia? Człowiek sobie już telewizji spokojnie pooglądać nie może, zawsze się z czymś wtrącisz, żeby człowiekowi na złość, żeby wejść na odcisk, dokuczyć, zepsuć wszystko.

– A daj ty mi spokój – mówi matka.

– Co: daj mi spokój? Ty mi spokoju nie dajesz, żeby człowiek nawet w niedzielę spokoju nie zaznał, to ja nie wiem, co się dzieje, ja już sam nie wiem, bo to zakrawa na nie wiem co, to już jest nie do pomyślenia, to ja chodzę, załatwiam cały tydzień, żebyście mieli, żebyście nie musieli, a ty mi tutaj potrafisz tak powiedzieć? Tak mnie wytrącić z równowagi? O Jezu, o Jezu, co ja mam w tym życiu, przez co ja przechodzę...

– Co on przechodzi! A co ja przechodzę? I przestań mi tu pierdzieć!

– Co? Ja pierdzę?

– A kto? Ja?

– Jak ty, to co mówisz, że ja.

– Wiesz co, mógłbyś iść do łazienki, a nie tutaj.

– Co, już pierdnąć se nie wolno we własnym domu czy co?

– A pierdź, pierdź, rób, co chcesz.

– Dajcie se po razie – mówię przez zamknięte drzwi.

Człowiek człowiekowi lubi się wylać. A jak się wyleje, to musi w siebie się wlać. Żeby potem się wylać. Ludzie powinni zmienić się w pasywne obiekty, pozwalające na wbijanie sobie do głowy przekazu: Jedynym celem życia jest posiadanie coraz większej liczby niepotrzebnych dóbr. Tłuszcza powinna być regularnie podkarmiana mistrzostwami, olimpiadami, skokami narciarskimi, serialami komediowymi i pełnymi przemocy filmami. Od czasu do czasu możemy być świadkami masowych czystek dokonywanych na żywo w najlepszym czasie antenowym.

Tak powinno być. Nikt nie powiedział, że powinno być inaczej. No bo jak mogłoby być inaczej, jak nie może być inaczej.

– Jesteś zrobiony? – spytałem.

– No – powiedział – jak chuj z powyłamywanymi nogami.

– Zróbmy się i my – spojrzałem wesoło po pozostałych. – Co se będziemy żałować, co se będziemy szkodować, co się będziemy pozorować na filigranowych ministrantów. Zróbmy się. Żeby nie być gorsi. Żeby się jakoś poczuć. Żeby jakoś to poczuć. Żeby coś poczuć. Żeby się wczuć.

Zrobimy się i będziemy zrobieni. I oto chyba chodzi, nie? Żeby się zrobić i żeby się nic z tego nie urodziło. Jako generacja kebaba, w którego aromatycznym sosie znaleziono kilka rodzajów spermy, pokolenie kutasa przyklejonego do krzyża i Matki Boskiej Gromnicznej zanurzonej po pachy w szczynie oraz innych nieprawych wydzielinach, generacja kija i marchewki w superwersji z wibratorem i cyfrowym odtwarzaczem, generacja taniego spirytusu, po którym się ślepnie, nie wspominając o wątrobie, woreczku żółciowym i pozostałych naruszonych organach, generacja skurczu tyłka i ogólnego wstrętu, niechęci i odflegmienia, generacja pandemicznej grypy kurzej i ślepej obawy przed BCF, SARS, USA, UOP, ZUS i innymi, generacja ostatecznego dymania w brudnych kiblach, przyspieszonych relacji skądś dokądś w kompocianym zwidzie, generacja popkulturowych dewiacji, pokolenie przeżenionego z mączką kostną spidbola, generacja syntetyku podniesionego do rangi przykazania, generacja pustej ramy, taniego bajeru, slapsticku i mokrych snów, w których dopatrzono się ważkich treści tao, generacja zmian genetycznych w komórkach karpia, pokolenie pseudoodrazy branej za ekstazę, pokolenie ostrego sosu i ciężkiej kamony – lubimy po prostu od czasu do czasu porządnie się napierdolić. Spierdolić i przeczołgać flakiem po bruku. Eto wsio.

Oczyścić, przeczyścić, wyczyścić, napierdolić, wpierdolić, ocucić, wypróżnić, wydostać, wybić.

niedziela

Perspektywa przejścia do łazienki, by się umyć, nieco paraliżuje. Wszystko nie bardzo ma sens. Nagle dostrzegasz, że twoja praca to zbiór nikomu niepotrzebnych czynności. Nic z niej nie wynika, tak jak nic nie wynika z twojego dotychczasowego życia. Tak naprawdę niewiele osiągniesz, nikogo nie ucieszysz tym, że jesteś, i nigdzie nie pobiegniesz, nikogo i niczego nie dogonisz.

Po chwili namysłu decydujesz się na drgawki, zimny pot w przepoconej pościeli i usilne dławienie odruchów wymiotnych.

Ci... To dom. To telefon. To telefon dzwoni. Ktoś odbiera, ktoś rozmawia, ktoś przekazuje jakąś informację. Nie. Nie. To nie może być tak po prostu. Zarządzanie rozmową telefoniczną to kwestia właściwej wagi. To tata. To mama. W dni świąteczne zaostrzają się problemy rodzinne.

– Jak ty przez ten telefon rozmawiasz?

– Jak rozmawiam?

– Jakoś tak dziwnie.

– Jak dziwnie?

– Sama wiesz jak.

– No jak?

– Aaa... Udajesz głupią, a rozmawiasz, że się nie da tego słuchać.

– To nie słuchaj.

– Ty nie umiesz przez telefon rozmawiać.

– Ty za to umiesz.

– Przez telefon to trzeba mówić prosto, składnie i wyraźnie: to i to, tamto i tamto, tu i tu, a nie jakieś eee... yyy... Co ty? Nie wiesz, co chcesz powiedzieć? Jak nie wiesz, co powiedzieć, to po co dzwonisz?

– Przecież nie ja dzwoniłam.

– Nie ja, nie ja, zawsze masz jakieś ale, ja ci mówię, wszystko jedno, kto dzwonił, jak się nie umie przez telefon rozmawiać, to się nie rozmawia.

– Oj, przestań już.

– Co przestań, sama zaczęłaś.

– Ja zaczęłam?

– Jeszcze mi powie, że ja zacząłem, no popatrzcie, jeszcze mi powie: ty zacząłeś. No krucypysk, co ja mam w tym domu – jęczy stary, patrząc w stronę świętego obrazka.

– A dajcie sobie po razie – mówię przez zamknięte drzwi.

Co możesz zrobić? Rozglądasz się po pomieszczeniu i dostrzegasz w nim niedomknięte drzwi percepcji z dużym napisem: „Wejdź, do kurwy nędzy, na party, bo jest naprawdę gorąco". Naprawdę warto. I coś się może stać. Coś musi się wydarzyć. Jakaś superfrajda. Jakaś gigapromocja z nakrętek napojów gazowanych. Desant parówek w obcisłych ciuszkach z fluorescencyjną metką „jestem napalona". Musisz tylko poczekać. Jak nie godzinę, to dwie, jak nie dwie – to trzy, jak nie trzy – to cztery, pięć, dziesięć, dwadzieścia. Kiedyś z pewnością pierdolnie meteoryt.

Albo nie. Nie wchodź. Zmień tylko kanał. Kanał lewy. Kanał prawy. Jeden postrzał. Dwa zastrzyki. Jest?

O tak. Ulga. Sama esencja religii. Rano w lustrze spojrzysz na siebie jak na kwintesencję dobrego smaku. Bez pakietu moralnego. Co, kurwa? W końcu to niedziela.

piątek

– Krytyk, ta żydowska kutwa, nie ma kryształów. Mój Boże, co za kraj! Co za dojmujące reality show! Za gieta, tfu, było lepi, no nie? Kryształów brak! A mieliśmy akurat ochotę na coś psychotycznie odświeżającego.

– No to co robimy? Koniecznie musimy coś zrobić. Zróbmy coś! Samo się przecież nie zrobi. Najlepiej się zróbmy.

Łatwo, wiecie, powiedzieć „zrobić", trudniej zrobić, się zrobić i się nie narobić. W ofercie przedstawiciela autoryzowanego salonu sprzedaży są różne środki, które nas zrobią, wszystko, czego tyłek pragnie, co dupie trzeba, łącznie z rozpuszczalnikiem, musztardą sarepską, eterem i praktycznymi wacikami, wszystko, ale nie to, czego nam trzeba! Kurwa jego brzydka mać!

Hę? Co proponuje? Dropsy? Dropsy?? Let me think. Dawaj, kurwa, te dropsy. Dawaj i spierdalaj z jamy.

No masz ci los, no to klops. Drops. W ten oto wszak wyjątkowy wieczór, w tę oto przecie szczególną noc przesilenia zdegenerowana farmakologia usiłuje podsunąć nam do ust zużyte kondomy. Zmiksowane trochę tego, trochę tamtego, ale najwięcej rewelacyjnego białka z Chrzanowa, pure-owad-killer--syntetic. O kurwa, masz ci drops. Ten feto-pseudo-

-vita-love-parade-nastrój. Wywołujący euforycznie nerwowy uśmiech pilotów zrzucających bomby na jakąś znaną z filmów aglomerację miejską. Zdarza się i szczękościsk. Już lepiej siedzieć na tyłku w mieszkaniu i puszczać idiotyczne maile związane z palącymi tematami rzeczywistości bieżącej: Czy opowiada się pan/pani za eksperymentami medycznymi na ludziach, pod warunkiem, że ich życie... I tak dalej, ależ oczywiście, sam pan rozumie, w wyjątkowej sytuacji jestem zwolennikiem szybkich cięć, uderzeń w najbardziej newralgiczne miejsca. Taa... Operacje cząstkowe, najważniejsze, żeby pozostać człowiekiem, co brzmi dobrze, ale trochę gorzej wygląda na żywo w relacjach czasu W.

W danej kwestii jesteś zdecydowanie seropozytywny.

A potem nieoczekiwanie dostajesz czajnik bezprzewodowy albo komplet do makijażu w podziękowaniu za udział. Jesteś prawowitym członkiem wspólnoty. Masz zielone światło i z pewnością weźmiesz udział w losowaniu prestiżowej nagrody.

niedziela

Budzisz się rano w niechlujnym przedsionku zwałki i niechętnie, acz z precyzją uświadamiasz sobie, że hormon odpowiedzialny za dobre samopoczucie i przyjazne nastawienie do świata zwarzył się na maksa. Sinusoidalna linia życia nieludzko wykrzywiła się w parabolę o znaku ujemnym.

Nie warto czekać na lepsze czasy. Adrenalina nie wytryśnie spod laski Mojżesza. Nie będzie drugiego odcinka superhitu. Jedyne, co jest pewne, to że czeka nas pożywna porcja wojennych pseudomediacji i zalew tandety. Czekają nas seryjni zabójcy w kostiumach uroczych i uczynnych sąsiadów. Dawka strachu pomoże tłuszczy trzymać się razem i bogobojnie dziękować panom za kolejny słoneczny dzień.

Strach, moi drodzy, jest doświadczeniem wspólnym. Strach przemawia jednym językiem. Strach jednoczy w pozorną wspólnotę. Stary dobry przyjaciel strach.

poniedziałek, godz. 11.53

Dziś Barbara, mówmy po prostu Basia, wychylając pałę znad monitora, głośno ujawnia cenę, jaką zapłaciła za sukces. Szereg analogowych wyrzeczeń. Stare flizy. Niesprawna spłuczka w lśniącej czystością toalecie Koło, niezapomniany brak świateł stopu podczas uroczej wycieczki do Zakopanego. Wyczerpujące głodówki zakończone kulinarną orgią. Niezaspokojona potrzeba przenoszenia plików. Niewydolny jogging w rozepchanych podróbkach markowych dresów. Przygodny seks ze sztuczną ręką i równie przygodny skecz.

Duża presja sukcesu.

wtorek, godz. 12.03

Dziś Basia zdejmuje z siebie woal tajemnicy i rzuca go z gestem zawodowej kurwy. Szkoła taka, szkoła owaka, studia jedne, studia drugie, dyplom taki, dyplom owaki, języki biegle, prawo jazdy kategorii B i podstawy japońskiego w oparciu o tłumaczenia porno-mangh, opony zimowe na jedną tylko felgę w samochodzie taty, w szafce, również taty, solidny szwed, sprawny francuz, rzymska śruba i wielofunkcyjny wkrętak do odkręcania różności. Poza tym nie próbowaliście jeszcze spaghetti Basi, przecież wiecie, że Basia była we Włoszech na stypendium, jak to, nie wiecie? No była, bo taka dobra była, no i tam właśnie zgłębiła arkana sztuki przyrządzania dobrego spaghetti. Teraz już wiecie, Basia robi najlepsze spaghetti na świecie. Co tu dużo mówić, Basia zaprasza wszystkich do siebie na stypę.

Alkohol we własnym zakresie.

środa, godz. 13.26

Dziś Basia jest zadowolona, jakby życie było niekończącym się pasmem niskobudżetowych seriali dla znudzonych gotowaniem gospodyń domowych. Basia przeszła dobrą szkołę życia i dlatego chce, żebyśmy my też się czegoś nauczyli. Jesteśmy jak wpuszczone do słodkich wód sukcesu, nieznające goryczy i grozy wielkiego oceanu rybki gupiki. Oczywiście, że może być taka jak kierujący innymi oddziałami menedżerowie, nie wierzycie? Co, Jola, chcesz urlop, chcesz? No widzisz. Basia może traktować nas pobłażliwie i nie dostrzegać naszych błędów. Udawać, że ich nie widzi. Nie zwracać na nie uwagi. Basia wie, co to luz, Basia czuje się wyluzowana lub wylajtowana i jak matka rozumie nasze nieprzygotowanie do tej arcytrudnej sztuki. Basia może nawet nie dostrzegać, puścić – niech leci! Ale przecież w przyszłości niektórzy z was awansują, Basia nie wyklucza takiej możliwości, chociaż raczej jej nie przewiduje, i wówczas cała ta gorzka wiedza będzie jak znalazł. Basia już dobrze życie zna i wie, że pobłażanie, ta niby serdeczna atmosfera w oddziale, którą przechwalają się pracownicy z innych oddziałów, to zwyczajna blaga, co im z tego, kiedy przyjdą inne czasy i wówczas oni nie będą mieli szans na tym jakże trudnym rynku pracy, co innego wy, będziecie doskonale przeszkoleni i poszukiwani, każdy pracodawca będzie się cieszył, że posiada takiego pracownika. Czy Basia nie ma racji?

O Jezu, oczywiście, że ma.

czwartek, któraś tam godzina

Dziś Basia chciałaby, żeby wszyscy ludzie wstąpili na drogę wzajemnego poszanowania i tolerancji. Gdyby ona została nominowana do zdobycia tej prestiżowej nagrody, jaką jest korona Miss Universum, z pewnością doprowadziłaby do tego, że wiele punktów zapalnych i światowych konfliktów straciłoby na medialnym znaczeniu, a w telewizji pojawiało się więcej reklam wizualizujących nowoczesny, wspaniały świat telefonii komórkowej, bez chorób i infekcji, świat, w którym włosy odzyskują naturalne piękno i blask, a efekt czerwonych oczu należy do przeszłości. Gdyby zaś sam prezydent Trzeciej Rzeczypospolitej zaproponował Basi niezobowiązujący stosunek płciowy, zakończony być może ciążą, być może by się zgodziła. A co jej szkodzi? Raz kozie śmierć. Ryzyk-fizyk.

No.

piątek

Dziś Basia gorączkowo gestykuluje i potrząsa jasną grzywką w ferworze wspomnień, planów, decyzji, tygodniowych grafików, sukcesów i porażek, które okazały się również sukcesami.

– Oj, co ja na studiach przeszłam, co ja przeżyłam, ile ja się musiałam nastarać, nachodzić, żeby pokazać, na co mnie stać, nie to co teraz, nie to co wy – obrusza się Basia, patrząc na nas, jakbyśmy mieli wszystko podane na talerzu. – Wy mieliście wszystko podane jak na talerzu, nic nie musieliście robić. Wszystko było tak urządzone, żeby to student miał dobrze.

Za Basi czasów tak nie było, oj nie było, człowiek musiał walczyć, stawiać czoło różnym sytuacjom, dlatego teraz Basia jest uodporniona na wszystkie tego typu stresy i wie, jak osiągnąć sukces. Basia działa szybko i skutecznie. Basia to genetyczne zwycięstwo nad kontrowersyjnym złem natury.

Dlatego Basia nie może pozwolić sobie na niesubordynację i ociąganie. Że Basia mówi do ściany. Że nam się coś wydaje. Że co to, to nie. Basia na to nie pozwoli i zobaczycie, że w przyszłości będziemy jej za to dziękować, będziemy ją po rękach całować. Czy Basia opowiadała już przypowieść o dobrym pracowniku? Tak? To jeszcze raz opowie, żeby to do nas dotarło. Byli sobie dwaj pracownicy. Jeden z pokorą wypełniał obowiązki służbowe, nawet gdy czasami czuł, że nie są one w zgodzie z jego sumieniem, że jego serce nie czuje się na siłach, by je wypełnić. Drugi pracownik lawirował i kombinował, starał się sprawiać dobre wrażenie, lecz w gruncie rzeczy nie wykonywał obowiązków służbowych z należytą starannością i nie czuł respektu przed przełożonymi. A kiedy przyszło co do czego, to ten drugi, choć z pozoru lepszy, nie znalazł dobrze płatnej pracy w firmie zachodniej, a pierwszy ją znalazł, mimo że kwalifikacje zawodowe mieli podobne. Ponieważ istotne znaczenie miała opinia z miejsca pracy, opinia przełożonego. Zaprawdę Basia powiada wam, bądźcie jak ten pierwszy pracownik. Kiedy Basia mówi A, to ma być A, a nie B.

Chociaż czasami może to być B, ale wtedy to już sami musimy wyczuć, o co tak naprawdę biega, Basia nam tego tłumaczyć nie będzie.

A na szkoleniu to tylko ja i Marta zdałyśmy na oceny dobre, ale wiecie, umówiłyśmy się z całą grupą, że jakoś te punkty się rozdzieli, i dzięki temu niektórzy zdali, a teraz? Nic nie pomogą, nawet nie zadzwonią powiedzieć cześć, tacy są, sami widzicie, nie ma co liczyć na innych.

Och, to wspaniała, bardzo zabawna historia, trzeba dodać do niej odrobinę pikanterii i obscenicznej cyckowatości, taa... dobrze, Basia przewinęła taśmę matkę Polkę do samego początku i na deser wysłuchamy jeszcze raz opowieści o tym, przez co musiała w życiu przejść i ile wycierpieć, by doczekać się tego zaszczytnego stanowiska. Basia przypomni wam o cesarce, o małym fiacie, któremu podczas jazdy w kierunku zachodnim dymiło z tyłka, o wakacjach w Międzyzdrojach, kiedy otrzymała autograf półznanego aktora, o przykrej kłótni w sklepie mięsnym, o przeterminowanych lekarstwach, jakie znalazła w ostatniej szufladzie szafki nocnej, o bladym widmie boreliozy po uroczym grzybobraniu, o białych zębach i jak o nie zadbać, o zwariowanym tańcu nowoczesnym i równie nowoczesnej sztuce, której Basia nie rozumie, lecz żywi wobec niej odpowiedni szacunek.

O Boże.

piątek

Co za feralny monolog łechtaczki.

Fe. To obrzydliwe. To krępujące. To wywołuje zażenowanie. Asystę krzywego uśmieszku, na który jednak nie możemy sobie oficjalnie pozwolić. Lecz ona się nie zamyka. To wypływa z niej bezwolnie i samoistnie. Ciemna flegmowata ektoplazma mikrofalowego życia na gorąco. Jeszcze dziecko, jeszcze szansa na doktorat, jeszcze to, jeszcze tamto. Jakieś niewyróby. Jedna za drugą. O kurwa. Powoli. Idzie.

Wbija się. Wchodzi. Złoty dreszcz dobrej nowiny. Epilepsje jak orgazm z jakiejś prowrzodowej fantasmagorii. Party na imprezie jednego z wielkiej szóstki. PriceWaterhouseCoopers? Proszę bardzo. Serdecznie zapraszamy. Czym chata bogata.

wtorek, godz. 17.38, Warszawa

Wszystko tu jest. Rekrutacyjny serek pleśniowy na deseczce. Rekrutacyjna szyneczka. Ciasteczka. Winogronka. Mandarynki. Rekrutacyjne oliwki drylowane z nadzieniem paprykowym. Lampka dobrego, ciepłego rekrutacyjnego wina. I cała kadra z przedziału personalnego. Chciałoby się powiedzieć – plejada. Może raczej konstelacja? Peleton. Dalej: pani Wiola, pani Jola i pani Krysia, mów mi Krystyna, o tak, ty też mów mi. To bardzo udany wieczór. Udał się jak ulał. Wszyscy jesteśmy nienaturalnie podnieceni. Nie oszukujmy się, to elita. The very best of. Śmietanka, słodka i tłusta, tak zwana trzydziestka. W przyszłości kariera tu lub kariera tam. I będzie cię stać na udaną rekonwalescencję. Cytrusy na wyciągnięcie ręki. Basen. Siłownia. Finał konkursu to ty.

Tak, wiemy, że mieliście męczący dzień, wiemy, że macie prawo poczuć się zmęczeni i wyczerpani, ale wyobraźcie sobie, że właśnie dopiero teraz trzeba siąść za biurkiem i odpierdolić całą robotę. Trzeba przygotować się do egzaminów. Sprawdzić zaległe sprawozdania. Odprężyć się przy pełnym nie-dociągnięć i nadużyć lewym cash flow. A automat do kawy jak na złość nie działa. Ktoś mu, jakiś za prze-proszeniem nieprzyzwoity kutas, wrzucił guzik do gardła. I właśnie teraz, w chwili kryzysu emocjonal-nego, wywołanego brakiem kofeiny, zobaczymy, na co was stać tak naprawdę. Właśnie teraz zadamy wam setkę nietuzinkowych pytań, które wykażą, któ-re stwierdzą, które będą właściwą próbą.

Gotowi? Dlaczego chciałbyś zapierdalać w naszej firmie?

Hmm, bo atmosfera pracy jest wspaniała i fir-ma jest międzynarodowa, co podkreśli moją wątłą pozycję w społeczności ludzkiej, która to społecz-ność zacznie uważać mnie za obywatela szanowane-go i pożądanego w klatce, w windzie i na schodach wejściowych, i wszyscy będą się dziwić i zachwycać, że firma posiada kapitał zagraniczny, ponieważ tylko taki daje jakieś nadzieje i perspektywy, że firma or-ganizuje szkolenia, a i istnieje też niebagatelna moż-liwość awansu, dużo się uczymy, bardzo dużo ludzi młodych pracuje, co oznacza też, że możliwe, że ma-my... ee... duże prawdopodobieństwo zaistnienia tak zwanego macanka szkoleniowego, opartego na domniemaniu, że koleżanki ze szkolenia po spożyciu trunków będą pokazywać swoje sekretne instalacje, nie ukrywam też, że niespotykany na masową skalę zastrzyk finansowy tej wielkości jest tutaj mile widziany, ponieważ da on możliwość nabywania rzeczy, których jak na razie nie mam za dużo, a chciałbym mieć więcej, ponieważ niektórzy z moich kolegów mają więcej i śmieją się ze mnie, że mam małego, co odbija się na mojej pozycji wśród dziewcząt na dyskotece, ponieważ one nie chcą jeździć byle jakim samochodem oraz jeść dziadostwa w dziadowskich restauracjach, one chciałyby spożywać coś wykwintnego i poruszać się co najmniej golfem czwórką metalikiem, alufelgi z pięcioma poduszkami, w tym jeden jasiek, a na dodatek praca w państwa firmie pozwoli mi na posiadanie eleganckiej wizytówki, która od razu powie profanom, z kim mają do czynienia, śmiecie jedne w tyłek pukane, a przede wszystkim zespół, dobrze dobrany zespół, chciałbym podkreślić wyjątkową umiejętność pracy w zespole, pracy z zespołem, pracy z, na, przy, obok, pracy w podzespołach. Technologia poszła tak daleko!

Siedzisz w domu i oglądasz stare teledyski, z których uszedł gaz. Wyglądasz jak wybiczowany na lewą stronę transseksualista ze spapranym makijażem. Z kuchni dobiega swąd spalenizny. Gender na szarym polu: androgen. Fizycznie, mentalnie, kulturowo, religijnie, intelektualnie, emocjonalnie, genitalnie. Ph zero. Ultrasiara multiowocowa z dodatkiem wolnych rodników.

Czy mam już puścić pawia? Czy poczekać jeszcze kilka minut? Feta jakby wymierała. Co było do wypicia, zostało wypite, co było do zjedzenia, zostało dawno wysrane. Zespół przedziału działań personalnych udaje się na wspólną modlitwę przed jutrzejszymi wyczerpującymi obowiązkami. Nasz drogi Panie, spraw, żeby palniki działały bez zarzutu, żeby w kablach pulsowała serdeczna potrzeba zatrudnienia, żeby program zarządzania zmęczeniem i poczuciem zażenowania działał bez zarzutu, o dobry Panie, zapewnij nam dobrą formę i zdrowy, czuły uśmiech, zadbaj o poprawę koncentracji i zwiększoną odporność. Wspaniałomyślny Panie, nakręć nasz zegar biologiczny. Wsadź do niego bez fatygi dwie penisobateryjki, które działają o dwadzieścia pięć procent dłużej i o trzydzieści procent mocniej. Panie, czuwaj, żeby kolagen, teflon, gaz musztardowy, chlorowodorek fluoksetyny, emulgatory, Agent Orange i tak dalej...

Dziękujemy wszystkim za przybycie, za poświęcenie nam tego cudownego dnia, jednocześnie mamy nadzieję, że większość z was będziemy mogli spenetrować dokładniej w przyszłości, wyniki egzaminów prześlemy wam pocztą, koszty wysyłki, ma się rozumieć, ponosi odbiorca. Do, miejmy nadzieję, zobaczenia.

Do zobaczenia! Z pewnością! Koniecznie! Cóż za miły, zgrany zespół! Do zobaczenia! Och! Czy to ty? Tato? Czy to naprawdę ty? Czy to ty, Panie?

Czy to ty na mnie spojrzałeś? Twoje usta dziś wyrzekły me imię?

Nie.

Do kurwy podłej suki nędzy.

Serdecznie dziękujemy za zainteresowanie naszą ofertą pracy i czas poświęcony na wizytę w naszej firmie. Pana kwalifikacje są cenne i niewątpliwie istotne w wykonywanym przez pana zawodzie. Niestety, Pana umiejętności nie spełniają wymogów stanowiska, na które poszukujemy pracownika. Życzymy wiele sukcesów w przyszłości.

Z wyrazami szacunku

Twój personal

MCjeZUS

Amen.

Na co w zasadzie liczyłeś? Na co czekałeś? Na oklaski? Czy na kiełbaski? Te ostatnie akurat się skończyły. Zabrakło też aromatycznych steków. Czy zatem miast tego może być zwyczajna pyta z bułą? Lub pała? Najpierw delikatny sadofrez, potem w czterech przez plery. Cool?

Mentos Cool. Freshmaker o zapachu świeżego lasu iglastego totalkurwanaturalwiosna. A pani promotor widziała, pani promotor przewidziała, pani promotor ostrzegała, pani promotor mówiła: teraz to już nie te czasy, już nie ma jak kiedyś, że coś komuś, że jakoś, że czymś, teraz jak czegoś nie zrobisz, to się nie zrobi, trzeba do przodu, bez wahania, z przebojem na ustach, prężnie, dynamicznie, teraz to trzeba być kiej ten pistolet.

Z czujnikiem na dziadostwo i choroby weneryczne.

niedziela

Budzisz się rano i z udawanym przerażeniem zdajesz sobie sprawę, że przed cywilizacją nie ma już ucieczki, a wyprawy na koniec świata kończą się czkawką wywołaną wspomnieniami, w których spod atrakcyjnych fototapet wyzierają sterty śmieci i gnijących resztek pozostawionych przez znudzonych, bogatych, wielkich, ambitnych i elokwentnych. I co? Teraz?

Teraz Polska. Jutro poniedziałek.

poniedziałek

– Ty, Jola, jak wchodzi klient, to się nie bój, uśmiechnij się, nie siedź taka spięta w sobie, Jola, trochę naturalności, trochę luzu, nie trzeba się tak bać, przecież klient cię nie zje.

– Ale ja nie jestem spięta.

– Ale ja widzę, że jesteś spięta, Jola, Jola, przecież ja widzę, ja siedzę dwa metry od ciebie, takich rzeczy nie musisz mi opowiadać, Jolu, ja cię bardzo proszę, zrób coś z tym, popracuj nad sobą, nie wiem, w domu, przed lustrem, zrób coś z tym, bo inaczej... Ech, Jolu, wiesz przecież, że pracujesz w najlepszym oddziale Hamburger Banku, chyba że nie chcesz tutaj pracować? Powiedz, Jolu? Nie chcesz pracować w najlepszym oddziale Hamburger Banku?

– Chcę, Basiu.

– No właśnie, jak chcesz, to musisz się postarać, musisz coś z tym zrobić, nie możemy zawieść dyrektora, wszyscy musimy pracować na target, ale by to zrobić, musisz dać z siebie wszystko, Jola, nie tylko ja mam o tym myśleć, rozumiesz, Jola?

– Rozumiem, Basiu.

– To dobrze, że rozumiesz, ja się bardzo cieszę z tego, Jola, na drugi raz po prostu powiedz głośno: dzień dobry, w czym mogę pomóc. Dobrze? To wcale nie jest takie trudne.

– Ale przecież powiedziałam: dzień dobry, w czym mogę pomóc.

– No właśnie widziałam, jak powiedziałaś, i jeszcze dyskutujesz ze mną na ten temat, wiesz co, Jola, ja wiem, że niektórzy się do tej pracy nie nadają, jak nie umiesz tego robić, to przynajmniej postaraj się, pokaż, że chcesz.

– Ale przecież ja się staram, ja chcę.

– No właśnie widzę, kłamiesz w żywe oczy, dyskutujesz, nie dasz sobie niczego powiedzieć, Jola, złej pracownicy przeszkadza rączka od nagrzewnicy, a przecież ja chcę dla ciebie jak najlepiej, przecież gdybym ja nie chciała, to dawno już byś tu nie pracowała, przecież dyrektor przyjeżdża i się pyta cały czas o pracowników, i ja mu muszę mówić prawdę, przecież on sam też widzi, przecież ma oczy, i co w takiej sytuacji ja mam z tobą zrobić? Zrób coś, popracuj nad tym, zastanów się nad swoim zachowaniem. Zobacz, Aneta też taka była, a teraz już się zmieniła, bo zrozumiała, wiesz?

– Wiem.

– To dobrze, że wiesz, bardzo mnie to cieszy.

No więc, jeśli naprawdę chcecie wiedzieć, oszołamiająca kariera wcale nie przewróciła Basi w głowie. Co prawda porzuciła ziemniaki parowane z pokrzywom na rzecz sałatek z kukurydzom i tuńczykiem z puszki za trzy czterdzieści, czyli wcale nie tak tanio, ale ciągle jest skromną, twardo stąpającą po ziemi dziewczyną, która przynajmniej raz w roku spowiada się, a w czasie wielkanocnym komunię świętą przyjmuje. W chwili obecnej poczesne miejsce w jej sercu zajmują długie papierosy z filtrem węglowym, szybkie samochody, ostry sos, gęsty sos, sos pikantny... ej...! Basia budzi się z letargu marzeń, co to za brednie? Kto to powiedział? Drodzy panowie i panie, nie grajcie z Basią, bo Basia zagra z wami. No więc tak, naprawdę najważniejsze są dla niej prawdziwe wartości: miłość, skromność, uczciwość i solidarność małżeńska, nie zapominając o przyjaźni z przyjaciółmi, potem długo, długo nic, wreszcie Polsat, a dopiero na samym szarym końcu plasuje się potrzeba władzy i wyładowania długo tłumionych lęków i kompleksów nabytych podczas niekończących się latinohistorii rodem z nie wiem czego.

Spójrzcie, oto Basia, siedzi tu przed wami wyprostowana w swej prostocie, siedzi tu przed wami przykładna i opiekuńcza, a przecież nie tak dawno chciała przenieść się ze swoim telewizorem do dżungli i zacząć chronić ginące gatunki goryli za pomocą ergonomicznego pilota. No miała taką potrzebę. Taki kaprys miała. Chciała poczuć głęboko w sobie wał korbowy z jeepa grand cheerokee. I zapach spoconej koszuli z dużym nadrukiem „I love Trophy & dobra coffee". Na miłość boską, jakie mieliśmy szczęście. Co stałoby się z nami, gdyby jednak zdecydowała się podążyć za swoimi marzeniami? Zginęlibyśmy w tej matni procedur, gąszczu symboli, melasie nieuczciwych klientów i ciągu mitycznych znaczeń związanych z prawidłową postawą podczas wykonywania obowiązków służbowych. Dziękujemy ci, es si johnson. I tobie, Panie Boże, któryś jest, jeśliś jest.

Tydzień martyrologii, rekrutacji część druga? Flashback starych, dawno zapomnianych snów. I znów nieodparcie narzucająco, przekonywająco przypomina się feta u nieodżałowanego sir Artura Andersena. Panie, świeć nad jego duszą niepoprawnego optymisty, surfera w mrocznych falach prawa księgowego.

piątek, godz. 13.30, Warszawa

Bądź promienna cały dzień. Musisz być jak słońce. I takie tam umysłowe bałagany. Plus cała czwarta rzesza tłustych überchłopców o pustych szalonych oczach popsutych cyborgów, przeciągających sztaplarkę wstrętu i anhedonii: no mówię wam, naprawdę fajnie jest w naszej firmie, dają rabaty na krawaty, a atmosfera naprawdę miła, z dużą ilością tlenu. Jeździmy sobie na szkolenia do Hiszpanii, Londynu i do innych krajów, na początku trochę obawiałem się, czy nie będzie zbyt dużo pracy, czy będziemy mieli szansę rozwinąć tak zwane prywatne życie osobiste, ale okazało się, że jest naprawdę miła atmosfera i wszystko przychodzi tak naturalnie i samowolnie, proszę, oto certyfikaty uwierzytelniające, no oczywiście, że musisz dać z siebie wszystko, ale to wcale nie znaczy, że musisz dać się wycisnąć.

Co najwyżej wcisnąć.

O tak. Wcisnąć i zablokować zapałką, żeby guziczek nie wyskoczył.

Utuczone czymś klony o inteligencji wyraźnie ponadprzeciętnej – wszak firma potrzebuje najlep-

szych: inteligentnych, zdolnych, gotowych do podję-
cia nieoczekiwanych wyzwań, dynamicznych, uczu-
ciowych, rozważnych i romantycznych – o intelekcie
wystarczającym do rozwiązania niezwykle skompli-
kowanego testu numerycznego w warunkach języka
angielskiego w czasie nieprzekraczającym granic
dobrego smaku – trzymają w czubkach palców mini-
filiżanki z kawą z termosu. Stanowią symbol serii A.
Idealny materiał na polityków. Na bomby socjologicz-
ne. Mój Boże, śmiechy śmiechami, chichy chichami,
podszczypywanie podszczypywaniem, ale ci chłopcy
od Andersena są rzeczywiście niesamowici. To naprawdę okazy zdrowia i zdolności samoregulacyj-
nych organizmu.

Po egzaminie oczywiście rekrutacyjny po-
częstunek. Proszę, proszę się nie krępować. Firma
stawia. Stać ją. Przecież to dobra firma. Uznana firma.
O światowym standardzie. Soki pomarańczowe
i jabłkowe data przydatności do spożycia tydzień
temu, co przypomina o przemijaniu i nieznośnej
nietrwałości życia produktu w macierzy BCG. Pa-
luszki z sezamem. Krakersy cebulowe. Ciasteczka
słone rybki. Pierniczki w czekoladzie, ale trochę
suche niestety właśnie. No i wszystko. Wszystko, co
nowoczesna i zaradna gospodyni kitra w zanadrzu
na niespodziewane piątkowe drink party grill.

Ta impreza u Artura, u Artka, mogę chyba tak
mówić, co? Przejdźmy sobie na ty. Oko? Spoko. Ta

impreza to była, mówię to niestety z sarkazmem, oaza. To było spełnienie. To był kebab seraj. Tłuści, nabromowani chłopcy w niebieskostalowych przykrótkich garniturkach, dwa lata gwarancji na psychozę. Herbatniki babuni porozkładane równomiernie po talerzykach. Aha, jeszcze herbatka i kawa w termosie, kawa w dwóch rozmiarach, czarna i ze śmietanką. Ale śmietanka niestety z proszku. Do prania, kurwa, chyba.

I potem sru, dalej przed siebie, siwoszarą Warszawą, z ryjem pełnym posmaku spulchniaczy, że tylko się wyhuśtać i zachlastać.

W związku z przeprowadzonymi testami w naszej firmie, uprzejmie informuję, że w wyniku małej ilości wolnych etatów nie został Pan zakwalifikowany do drugiego etapu procesu selekcji kandydatów. Życzę sukcesów w dalszym poszukiwaniu pracy i pozdrawiam.

Z poważaniem
Jakiś wicekutas ds. personalnych

Kurewsko warszawski dzień! Więc żegnaj, kotku! Za pięć trafień w totolotku trudno by cię uznać, więc arrivederci, wielka szóstko, aufwiedersehen, wielka piątko, doswidanija, święta trójco!

Nie rabotajem, nie kuszajem, a ja kcem jeść, kcem tyć.

czwartek

Kto by nie kcioł.

Jak na razie słaniam się na nogach w kolejce do podpisu rejestracyjnego. Urząd pracy wita, zaprasza, oferuje. Wszystko tutaj w dużych białych kaflach, imitujących nowoczesność i higienę, a naprawdę wygląda to jak wielki kibel na Centralnym. Brakuje tylko prymitywnych wyobrażeń narządów płciowych męskich i żeńskich wysmarowanych fekaliami na ścianach. Wokół postacie jak z obrazów Bruegla. Opuchnięte. Krogulcze. Zmięte. Posiniaczone. Niewyspane. Niezadowolone. Nie-do-jakieś tam. A nerwowe i podrażnione to wszystko jak jasna cholera. Co rusz jakiś problem. Co krok, to zakalec. Co dotkniesz ściany, to zbuk. To rodzaj usprawiedliwienia dla życia. Kamuflaż.

– Pan teraz wchodzi? Jak to pan? Przecież ja widziałam, że pan przyszedł za tą panią.

– Ja, proszę panią, stałem za tą panią.

– Właśnie, a ta pani stała za tą panią.

– Ja widziałam, że ta pani stała za tym panem.

– Pani za kim stoi?

– Ja? Za tą panią.

– Ale przecież ta pani przyszła po tym panu.

– Dobrze, ta pani teraz wchodzi, potem ten pan, a potem...

– Teraz ja wchodzę.

– Jak pan wchodzi, jak pan jest po mnie?

– Ja jestem za tą panią.

– Przecież pan przyszedł po mnie.

– Ja nie wiem, ja wiem, że jestem za tą panią.

– No, jeżeli pan przyszedł po mnie, to znaczy, że ja wchodzę przed tą panią.

– Pani za kim wchodzi?

– A przed panią kto jest?

– Ten pan.

– To proszę wejść po tym panu.

– Ja nie wejdę po tym panu, bo ten pan przyszedł po mnie.

– O, niech pan patrzy, jaki cham, niby że się tylko wszedł zapytać, a pół godziny siedział, ja też tak sobie wejdę.

– Proszę panią, ja byłem się wypisać.

– Każdy jest się wypisać.

– Tak każdy się popisuje i nic więcej, co pan myśli, że co?

No... że nic, i właśnie o tym mówiłem. Za dużo seriali, za dużo tego, za dużo tamtego, jakiś niezdrowy przesyt, świerzb całkowity, parchowacizna ogólna i stąd się chyba ta z dupy asertywność bierze. Jeszcze brakuje, żeby sobie opowiadali, kto na co chory, ile idzie na lekarstwa i że nie tak to wszystko, nie tak!

– Panie, pan tak mówi, a pół zasiłku mi idzie na leki, panie, powiedz mi pan, a za co ja mam żyć?

– Panie, a co pan myślisz, że ja co? Panie, tak samo.

– No nie ma człowiek, choćby chciał, żeby mieć, to nie ma, no nie ma.

– No co zrobić, nie urodzisz.

– Słyszał pan? Znowu jakaś afera.

– A daj mi pan spokój, jak nie jedni, to drudzy, jak nie ci, to inni, byli wcześniej solidarnościowcy, i co? Nic, co zrobili? Nic, teraz ci rządzą i co? Nic, afera za aferą, a ty stój jak głupi buc w kolejkach, bo po to całe życie pracowałeś, żebyś teraz jak pies.

– Chleb i margaryna, taka jest prawda, a leki to co?

– No leki, leki.

– Chce pan wiedzieć, ile na leki żonie idzie? Jakby pan wiedział, toby się pan zdziwił.

– Panie, moja żona od doktora do doktora, od sanatorium do sanatorium i się to skończyć nie może, a wie pan, jakie ryby te doktory najbardziej lubią? Tłuste, a najbardziej grube sumy, panie, co ja, panie, panu zresztą będę, panie.

– Oj, panie, panie...

Właśnie o tym mówiłem, jakieś wewnętrzne gnicie, niestety! Za dużo poprawnych realdoniesień i faktów z pierwszej ręki. Za dużo zdegustowanej paszy. Za dużo zanieczyszczeń. Za dużo pestycydów, azotanów, nizoralu i kaprawej animacji. Za dużo syfu. No i bezrobocie, pamiętajmy, monstrualne.

Przychodzi moja kolejka. Wchodzę i patrzę, czy się ktoś nie rzuci z mordą jak na skundlonego psa, którego zawsze można kopnąć w tyłek. Ale nie. Udało się. Jestem w środku. Jest dobrze. Siadam. A pani już miesza w papierach.

– Nie podejmował pracy zarobkowej przez ostatni miesiąc, nie imał się zajęć sosodajnych? Żadna flota nie przypłynęła do kabzy? Mów pan prawdę, bo od razu strzelę w ryło. No to jak z tym było, jednak nie, co? To tu się podpisać.

– Ale proszę pani... ja nie mam długopisu...

– Jak to nie ma długopisu? A co? Myśli, że my tu mamy kopalnię długopisów? Nie ma długopisu, no patrzcie go, drobnego cwaniaczka, jeszcze mi powie, że nigdzie tu nie jest napisane, żeby długopis nosić, bezczelny typ, niedorobione fiucisko, robić mu się nie chce, zdrowy, kurwa, dziad, a mi tu mówi: nie mam długopisu, no przecież to jest nienormalne, to on sobie myśli, że my tu będziemy o wszystkim pamiętać? O długopisie, o tym, o tamtym, a co on sobie myśli, że my tu nie pracujemy, tylko siedzimy sobie? Nie ma długopisu, to skandal!

Czy mnie to wkurwia? No wkurwia. Czy ja chciałbym porozmawiać z suki przełożonym? Chciałbym. Ale tak naprawdę to nie chciałbym. Byle do domu, zalogować się przed pornosem. Byle się wydostać z tych Chujnic. Już? Podpis złożony. Do zobaczenia na odprawie za miesiąc.

poniedziałek

Budzisz się rano i bezwolnie miarkujesz, że wychodzisz po poniedziałkowy brukowiec z dodatkiem „Praca". To staje się częścią polikendowych rytualnych ablucji. Dodatek „Praca". A potem patrzysz. Przeglądasz. Analizujesz. Dociekasz. Myślisz. Dla kurażu ściskasz orzechy. Drapiesz się po pędzlu. Pijesz słodką herbatę. Mimochodem czytasz też doniesienia i niusy. Znowu jakaś afera. Znowu jakaś wojna. Znowu martwy noworodek na śmietniku. Ktoś kogoś. Ktoś komuś. Ktoś czyjeś. Ktoś czymś. Coś gdzieś. Dobra nowina w warunkach pokojowych. Wlewać!

Sposób AAAAa: Uniwersalny system gry w totolotka. Bierzesz? Biere!

Potrzebny: profesjonalny, zdolny, ambitny, kreatywny.

Sposób Beee: W przyszłym roku wydaj album o życiu rodzinnym. Ty myjący okna na Wielkanoc. Ty zdzierający sobie skórę przy ckliwym pornosie. Siądź i wyobraź sobie, że podpisałeś kontrakt na milion dolarów. Że jesteś w stanie przejmującej erekcji. Czyli: stoliczku, nakryj się. Wchodzisz? No wchodzę!

Mile widziane: umiejętność pracy w zespole, analityczne myślenie, dyspozycyjność.

Sposób Ce jak cycki: Zacznij wreszcie pędzić bimber ze zimioków i sprzedawaj go na mecie w akademiku. Czy pójdzie? No masz. Pytanie. Jak ciepłe bułeczki pójdzie. Złam pieprzony monopol spirytusowy. Dymaj mafię-państwo w sam środek tyłka. Jezdem!

Oferujemy: Praca w młodym, dynamicznym zespole, możliwość awansu, atrakcyjne pakiety socjalne, podnoszenie kwalifikacji, bezpieczeństwo, stabilny rozwój.

Sposób D jak pupa: Ulokuj swoje ambicje i nadzieje w sex doll. Zapadnij się do wewnątrz, zwariuj i wyląduj w hjuston na szałówce. Daj się skrępować i zamknąć w hotelu bez klamek za darmowy wikt, opierunek, leki sprzyjające nadużywaniu oraz wygodne łóżko elektryczne. Głupi pomysł? Wywalcz sobie rentę. Pochodzisz, to wychodzisz. Ponudzisz, to wynudzisz. A jak, myślicie, żyje połowa ludzi po wsiach? Renty takie, renty szmakie, dają, trza brać, trza jakoś żyć, a co? Nic.

Dysponujesz dużą ilością czasu na wolnych obrotach. Jesteś wolny jak alfons. Usiądziesz zatem w spokoju umysłu i popracujesz nad swoim wnętrzem.

wtorek

Pracę nad swoim wnętrzem rozpoczynamy od umycia i ogolenia ciała. Świeży i wypoczęty jesteś zdolny przyswajać nowe, interesujące fakty

91

i doniesienia nie bez znaczenia dla rozwoju przypuszczalnej kariery zawodowej. Do przyswojenia sobie ogólnej, rozpuszczalnej wiedzy o świecie, wystarczającej, by sprawnie poruszać się w wyprzedzającym rzeczywistość trójwymiarowym kartonowym konstrukcie.

Krzyś, skwapliwy członek społeczeństwa konsumpcyjnego, już tutaj stoi. Już się odnalazł pomiędzy opakowaniami. Stoi. Siedzi. Na gumowym stołku w trendy tekturowych butach.

– Krzysiu, cze.

– No cze.

– Idzie nowe, co?

– No.

Krzysiu w swojej tuszy jest uniseksualny, anaboliczne cycki zwisają mu jak pataty, a fiut skurczył się do rozmiarów rurki do oranżady. Kiedy patrzę na Krzysia, na jego spowitą tłustymi wągrami, nalaną, gładko ogoloną twarz, wzbiera we mnie odraza do produktów spożywczych. Krzysiu, drogi chłopcze, apetyczne i wzniosłe zdjęcia na reklamówkach są z premedytacją spreparowane, nie wiedziałeś? Nic, co w mediach ma uosabiać piękno, młodość i zdrowie, nie jest już prawdziwe. Wszystko wygląda dużo soczyściej, wszystko błyszczy się niemiłosiernie wysmarowane nie wiedzieć jakim sadłem jak, nie przymierzając, psu jajca. Nie dostrzegasz wyraźnego napisu na obwolucie: „Spożywanie zwiększa ryzyko zapadalności na raka jelit i zgorzel całego ciała?" Krzysiu, mój drogi chłopcze, smakowicie wyglądające kurczaki mogą być nafaszerowane antybiotykami, hormonami i dioksynami, a równie smakowicie wyglądająca kiełbasa parówkowa po sześć sześćdziesiąt za kilo to zlepek odpadów, smarków i detergentów.

Ale Krzysia to wali. Szczyka go to. Krzysiu leje na to cienką strugą. Traktując sadło zawiązujące się po tej, mniej różowej, stronie ekranu telewizyjnego z nabożną czcią, jest dogłębnie przekonany, że twierdzenie typu: ponad połowa światowych plonów soi i jedna trzecia zbóż zawiera geny pochodzące z innych form życia, jest zwykłym pomówieniem. A to, że pod postacią wysmażonej mielonej papki spożywamy sterydy anaboliczne, zwiększające skuteczność tuczenia rogowacizny od pięciu do dwudziestu procent, hormony podejrzewane o wywoływanie raka i przesadne ilości antybiotyków – jest fundamentalistycznym, antyamerykańskim mitem, uderzającym w podstawy nowego porządku światowego, wrodzoną polską gościnność i ogólnie przyjęte zasady dobrej kuchni.

Krzysiu, filozofia szybkich dań, zacierając granicę pomiędzy jedzeniem a używką, nie spełniła swych demokratycznych obietnic. Tania, spożywana nałogowo żywność pogłębia różnice społeczne, które miała w założeniach znosić.

Zresztą co za różnica? I tak wszyscy skończymy w padole z małą dziurą w potylicy. Warto zatem porządnie napchać rury. Póki jeszcze rury są.

O, boski gastronomie! Zlituj się nad grzesznymi, całym mięskiem skruszonymi.

– Krzysiu, cze.

– No cze.

– Jak je? Smak je?

– Smak, a sosu brak.

– No to kapa.

– No to blok.

– I co?

– I nic.

– Jak nic, to nic.

– Bo wie pan – mówi Krzysiowa mamusia, jak już się na nią w windzie napatoczysz – no ja pana bardzo proszę, niech pan sobie, panie, wyobrazi, Krzysio potrafił zbudzić się wczoraj o drugiej w nocy i zjeść jajecznicę z siedmiu jaj, taki miał apetyt, takiej dostał chcicy na te jaja, że Jezus Maria, bo wie pan, jeżeli już tutaj jesteśmy, to chciałam powiedzieć, że Krzysio bardzo, ale to bardzo lubi omlety, potrafi je, niech pan sobie wyobrazi, samemu zrobić, nic mu nie pomagam w pichceniu, a nawet on nie chce, mamo, mówi, nie pomagaj mi w pichceniu, dam sobie radę, przecież muszę takie rzeczy wiedzieć. A gotuj se, mu mówię, gotuj, będzie miała żona z ciebie pożytek, bo to umiesz, tamto umiesz, no skarb w domu, no prawda, że to przemiłe dziecko, co?

No. Zdecydowanie przemiłe. Kiedy Krzysiowi nie chce się już rzucać lotkami w klubie Relaks na osiedlu, wyciąga dziewiątkę, bo mu się już nie chce rzucać lotkami. Kiedy Krzysio sięga za poły katany i nie znajduje tam fajek, sięga po dziewiątkę, bo nie znajduje tam fajek, bo mu się już nie chce, bo mu się już nic nie chce, bo koleś, z którym Krzysio siedzi w golfie czwórce, ma, ale nie chce częstować, bo mu się nie chce, no to Krzysio wyciąga dziewiątkę, bo mu się już nie chce, i mówi do niego: – Kcesz?

Krzysiu, opamiętaj się! Połowa lewych giba za frajerstwo z łostrą i nie ma to tamto, ale przemiły Krzysio się nie opamiętuje, bo mu się to nie lubuje, bo przemiły Krzysio sehr lubić wymachiwać łostrą. To sehr psowolindowo filmowe. Właśnie w chwilach napięcia bez papierosa lubi przystawiać łostrą pacjentowi do skroni jak superpies. Niech pacjent wie, po czyjej stronie leży prawda, wiara, nadzieja, miłość. Kiedy przemiły Krzysio był mały, z przyjemnością stał na czele malutkiego gangiczku w krótkich spodeńkach, zajmującego się znęcaniem nad uczniami niższych klas. To były czasy! Przemili rodzice byli dumni z tak zaradnego syna. Kiedy Krzysio był jeszcze mniejszy, powiedział rodzicom, że jak będzie duży, to chciałby zostać cinkciarzem. Wypowiedź chłopca rozśmieszyła zebrane na imieninach towarzystwo. Następnie mama Krzysia wniosła jaja w majonezie, które powitano gorącym aplauzem. Jednym słowem, rodzinny wózek widłowy toczył się według prawidłowego scenariusza. Jeżeli otyłość i tłuszcz są stygmatem konsumeryzmu, to Krzysiu jest prorokiem nad prorokami. Jest synem bożym pierwszym tłustym. Serotonina, której poziom rośnie po posiłku obfitym, a która daje poczucie radości, aż hula mu po cebuli. Nie dla ciebie bioxetin, Krzysiu, nie dla ciebie seronil, o nie!

Krzysiu, przemiły konsument wprowadzony w hipnotyczny stan snu na jawie, stan oczarowania i zawieszenia krytycyzmu, stoi przede mną w windzie, a ja czuję wymiotną odrazę do produktów żywnościowych. Każdorazowo podczas wprowadzania sobie doustnie posiłków dojmująco czuję, jak moje ciało staje się kleistą zawiesiną zepsutych, zgniłych, apatycznych, bezużytecznych komórek, ukierunkowanych w jednym celu: zrakowacieć.

– To co, Krzysiu? To co? Siądziemy na ławce, pogadamy, siedząc? Poględzimy? Ponarzekamy? Staniemy sobie obok trzepaka i popatrzymy na dupy w stringach? Pójdziemy, zrobimy bata za śmietnikiem i będzie fajnie? Fajowsko, gites-wpytes będzie? Co jest, Krzysiu, co jest? Pogadajmy, pośmiejmy się, opowiedzmy sobie stare dobre dowcipy, powspominajmy inne stare dobre, pogadajmy o pornosach, wymieńmy się poglądami co do jakości silikonowych cycków, przedyskutujmy walory artystyczne filmów spod znaku Vivid Video, plujmy kto dalej, pierdźmy kto głośniej, bekajmy kto dłużej, no co? Opalimy szkło, będzie git, fajnie, niechudo, ale bez boczku będzie, gra? Chodź, poczekamy na lepsze czasy, na jakieś kurwy lepsze czasy, na ingerencję chirurgiczną, na kleszcze porodowe, na boskiego akuszera, a nóż-widelec się coś stanie, nuż pierdolnie meteoryt? O, zobacz, Gruby już tu idzie, już nas zobaczył, już będzie fajnie, fajowsko będzie, już sobie pogadamy, zrobimy po głupku, palniemy po lolku, aż zawiruje świat, twarde łokcie pomogą nam i miękki kark, grunt to się nie podłożyć, Krzychu, pojedziemy po ćmagę na analogach, a potem przyjdzie jeszcze reszta anali z jakimś śmiesznym szkłem, no cze, Gruby.

– Cze, cze.

– Co słychać, Gruby? Co, mówisz, słychać? Stare baby nie chcą zdychać, a młode nie dają, co? – mówię, ale Gruby jest taki jakiś niewyraźny, jakiś taki niegruby. – Co słychać, Gruby? Siedzimy sobie tutaj z Krzysiem i dupcymy smuty, co słychać, Gruby?

– A idź ty, kurwa twoja mać – mówi i stęka ciężko, że aż gęsto czuć jego nikotynowy oddech.

A ciężko, ciężko. Kto powiedział, że będzie lekko? Nikt. A Grubemu właśnie zapierdolili dostawczaka. Wielkiego jak stodoła. Uźrzysz go na ulicy z daleka. Nie da się przeoczyć! Błyszczy reklamami jak psu jajca. I rzeczywiście! Zobaczyli go! Ale nic nie mogli zrobić. Po kolei.

Gruby wykręca na policję.

– Zapierdolili mi dostawczaka! Kiedy? Teraz, w tym i w tym miejscu, mogą przemieszczać się na południe.

I taka jest prawda.

Oni, tak zwana policja, mają cynk – ukradziony samochód dostawczy przemieszcza się w kierunku południowym.

– To co? – Grubemu spada z serca kamień. – Macie go na widelcu, w czym problem?

– Ano, panie, jeden radiowóz gdzieś tam, a w drugim nie ma benzyny, nic się nie da zrobić!

Wdupcyło go na amen! Przepadł jak kamień w wodę. Chuj! Kilka miliardów jebut! Nie ma benzyny, proszę pana! Polskie pyty to skurwysyny! Nieprawdaż?! Zawsze te mendy pierdolone tam, gdzie ich nie potrzeba. Zawsze te psy gotowe aportować, ale nie po tę kość, co trzeba. Zatrzymać, spisać, wymusić, ściągnąć haracz – już są! Nie musisz szukać, wezmą pod stołem jak nic! A potem szyja! I wypadek, i spierdolić z miejsca wypadku. Kto im co zrobi? Jutro przeprowadzą pokazową akcję pałowania pielęgniarek i squattersów. Obywatel będzie spokojny i w pełni kontent. O tak! Oni stoją na straży! W pocie czoła! W majestacie prawa! Zapłać tylko podatek, a będą sadzić cię w tyłek tym ich gumowym przedłużaczem kutasa. Wysmyrają cię paralizatorem po jądrach. Takie prawem umocowane pieszczoty. Na usługach nienasyconej hydry. Trzeciej, tfu! kurwy Rzeczypospolitej!

Miałeś, Gruby, złoty róg, ostał ci się jeno chuj, ha!

Gruby wkurwiony. Nam też się udziela. Do dupy to. W pizdu z wszystkim! No więc właśnie, to my lubiem, to po naszemu, po polskiemu, wypić, zapalić, a potem ponarzekać, że materiał kiepski, że nie taki, jakim by się go chciało, że sadza, że jakiś nijaki jest, dziwny jakiś taki, że coś jakoś nie daje, jak się wydaje, bo jest przeclony, wyżeniony jak proszek, a cała reszta przyjebana jak pyta.

Kto pyta, nie błądzi.

środa

Taka jest prawda. O przyjęciu do pracy decydują wykształcenie, doświadczenie i talent, a nie znajomości, koligacje i powinowactwa. Ten, kto posiadł taką wiedzę, może ze spokojem inwestować w siebie, zakładając wybrany kierunek.

Aha, no to ja uprzejmie informuję, że stosownie do ogłoszenia zamieszczonego w dodatku do tej no, „Gazety Brukowcowej", chciałbym zgłosić swoją kandydaturę na stanowisko asystenta dymacza. Mam na imię Mirosław, dla znajomych Mirek, a na garmażerce znam się jak mało kto, no mam ja nadzieję, że dzięki zdobytym dotychczas umiejętnościom, przy jednoczesnej silnej motywacji do pracy w sektorze hamburgerowym, będę mógł choć w minimalnym stopniu przyczynić się do kreowania sukcesu Państwa wspaniałej Firmy, jak i doskonalić się w wykonywanym zawodzie.

Jednocześnie pozwalam sobie przedstawić znajomość mowy ciała, umiejętność obsługi komputera na poziomie gier, zdolność biolokacji oraz gotowość do ciągłego pogłębiania wiedzy o hamburgerach – jako zalety mogące być pomocnymi przy rozpatrywaniu mojej kandydatury do pracy.

Do listu załączam CV i oczekuję od państwa odpowiedzi z propozycją terminu spotkania.

Z poważaniem
Ja. Osobiście

Aha, i jeszcze wyrażam zgodę na przetwarzanie swoich danych osobowych oraz narządów wewnętrznych dla potrzeb garmażeryjnych i spożywczych. Wyrażam zgodę na daleko idącą penetrację i ingerencję.

Jestem zmotywowany, a co ważniejsze, zmotoryzowany. Posiadam podstolikowe prawo jazdy kategorii Du. Kosztowało mnie, niech nie skłamię, osiem stów na nowe. Zdzierstwo!

czwartek

Pracę nad swoim wnętrzem rozpoczynamy od uświadomienia sobie, że na tamtym lepszym, przyszłym świecie będą czekały rozgrzane hurysy, które obdarzą nas niewysłowioną rozkoszą.

– Panie Mirku – cuci mnie pan wykładowca z urzędu – co może pan zrobić, aby zwiększyć szanse znalezienia pracy?

– Eee... nie wiem.

– Jak to, panie Mirku, bardzo pana proszę, panie Mirku, niech pan spojrzy na wykres.

Jeśli naprawdę c h c e s z pracować – to pracę znajdziesz. Zanim jednak przystąpisz do aktywnego poszukiwania, przyjrzyj się sobie obiektywnie w lustrze – nie żałuj na to czasu, od tego zależy t w ó j s u k c e s.

– Mamo, o co chodzi? Przecież widzisz, że naprawdę chcę sobie znaleźć pracę!

– Ty sobie chcesz znaleźć pracę, ty się popatrz na siebie w lustrze, jak ty wyglądasz! Jak narkoman! Już to widzę, jak ty sobie tą pracę znajdujesz, ty leniu śmierdzący, leżysz tylko całymi dniami, zamiast iść poszukać, podzwonić, zapytać, coś zrobić.

Nie zważaj na niepowodzenie. Postępuj systematycznie. Ucz się na błędach. Podnieś samoocenę do stanu chibo. Wierz w swoje szczęście! Zanim jednak wyjdziesz z domu na rozmowę z ewentualnym pracodawcą, z a d b a j o s w ó j w y g l ą d z e w n ę t r z n y. Schludny ubiór, umyte włosy, czyste paznokcie, wyczyszczone buty, przyjemny oddech, świeże majtki, białe skarpetki i wypastowane czesławy wpływają korzystnie na ocenę twojej osoby.

– Mamo, ale o co ci chodzi? Przecież szukam, przecież się pytam, przecież kupuję gazety z dodatkiem „Praca", przecież nawet czytam te rubryki...

– Ja widzę, jak ty czytasz, jak ty szukasz, leżysz i gnijesz w łóżku do południa, ty zgnijesz w tym łóżku, nim sobie pracę znajdziesz, a praca do ciebie nie przyjdzie sama, nie zapuka, ty weź się do życia, wstań, ogarnij, uczesz, ogól, umyj, zrób coś, nie mogę już na ciebie patrzeć!

Pamiętaj! Bądź uprzejmy i taktowny. Odpowiadaj konkretnie na pytania. N i e d y s k u t u j. Nie pyskuj. Swoje problemy osobiste zostaw dla siebie. Pamiętaj o własnej wartości. Przekonaj pracodawcę, że ty jesteś tym najlepszym, że zatrudniając ciebie, z r o b i d o b r y i n t e r e s.

środa, Warszawa

Staram się, jak mogę. Tańczę. Staję na głowie. Jodłuję. Robię sobie z gęby dupę. Intuicyjnie zdaję sobie sprawę, że przejęcie kontroli nad przebiegiem dyskusji rekrutacyjnej zwiększa moje szanse na zakwalifikowanie się do części drugiej.

– Tak – zgadza się ze mną, jak głosi postawiona przed nią karteczka, na której czarnym flamastrem napisano: Kinga – zgadzam się z kolegą Mirkiem, musimy ustalić strategię działania, jeżeli większością głosów opowiemy się za propozycją Bartka, to odpadną nam dwie rzeczy i pozostanie się zastanowić nad wyborem dwóch pozostałych przedmiotów, kto zaczyna?

Ja zaczynam, oczywiście, że ja zaczynam. Ja zaczynam, a pani z jakiegoś recruitment group of people uśmiecha się przyjaźnie.

– Och, panie Mirku, proszę dać innym szansę na wykazanie się swoją pomysłowością.

– Ależ oczywiście, proszę pani, ja tylko tak, ja tylko chciałem, wie pani, nie żebym ja tylko o sobie, wiem, wszyscy stanowimy jeden zespół i razem musimy współdziałać dla dobra firmy, nie ma innej drogi, a jeżeli ktoś myśli inaczej, to jest w błędzie.

Wiem, że zdobyłem jej serce. Wiem, że zdobyłem serce grupy. Pierwsze lody zostały zrobione. Teraz pozostaje tylko, uśmiechając się serdecznie, czekać na piętnastominutowy test numeryczny. Następnie spotkanie drugie, wypełnione dykteryjkami i trikami psychologii rodem z tv show.

– Panie Mirku, proszę bardzo, proszę sprzedać mi ten produkt, weźmy ten długopis.

– Ten długopis? Więc... to naprawdę bardzo fajny długopis, ee... kup dwa, a jeden dostaniesz gratis, ee... tanio i niedrogo, ee... coś w tym guście.

– Dobrze, znakomicie, jest pan erudytą, tak? A teraz proszę szybko wymienić trzy swoje najważniejsze wady.

Mówi pan: wady? A może kawały? Dobre, nieprzechodzone dowcipy żydowskie, weźmy... Na przykład: święty Piotr wychodzi przed bramy raju, znacie państwo? No więc święty Piotr wychodzi przed bramy raju, a tu leży pokaźna paróweczka z dwoma zapałkami wkręconymi na końcach, patrzy na nią święty i nie wierzy. Nie wie, o co chodzi. Za diabła nie wie, co to jest. No to łap za frak przechodzącego cherubina. Ty, co to jest? Cherubin za cholerę nie wie. Łap kogoś innego, arcyanioła jakiegoś, ale ten też nie wie, czegoś takiego w życiu nie widział, a co dopiero po śmierci. No to się pyta Maryi, bo akurat przechodziła mimo, powiedźcieże mi, Matko Boska, co to jest, może wiecie. Matka Boska patrzy, podnosi, zbliża do oczu i mówi: gdyby nie te zapałki, wypisz wymaluj Duch Święty. Dobre, co? Takie sobie? Jednak wady?

– Cóż, ta... więc w pracy zawodowej najbardziej cenię sobie zaangażowanie i upór, z jakim dążę do postawionych sobie celów. To moja recepta na sukces.

– A co by pan jeszcze, gdyby pan... a jakby panu, to wtedy co pan by... a jeżeli to, to wówczas co?

Za dużo się naoglądali tego reality, ale uśmiecham się do pani z innego recruitment group of people, jak mogę najlepiej, a dla pana z tegoż samego recruitment kładę się na plecach i pozwalam drapać po brzuszku. To podoba się panu, pani również czuje się czuła, suto wyzwalają się jej w sutkach mleczne uczucia matczyne.

– Mamy nadzieję, że wszyscy państwo dokonali właściwych wyborów i z wszystkimi będziemy mogli spotkać się podczas etapu trzeciego – kończy niemrawy kabaret pani. – Możecie oczekiwać państwo odpowiedzi z weryfikacją już plus minus za miesiąc.

Boże. Szamanizm syberyjski w niewdzięcznych warunkach Trzeciej Rzeczypospolitej. I zaraz potem szkolenie Działdowo.

Działdowo. Pamiętamy! Ostatnio – może rok temu – jakieś makabryczne morderstwo. Pocięte zwłoki, dekapitacja. Może tak, może nie? Kto to wie... info sedno przelatuje mimo i to już koniec zdawkowej informacji. Działdowo zapada w medialny niebyt. Działdowo – chyba ważny węzeł komunikacyjny na północy i poza tym dziura. Bezrobocie. Beznadzieja. Spółdzielnia mleczarska. Żywe kultury bakterii. Puste fajranty na wyszczerbionych płytkach chodnika. Plastikowe butle z żółtą cieczą gnijące w rowie. I czyste powietrze. To jest chyba możliwe, że czyste. To jest bardzo prawdopodobne, tak! – z lekka tylko śmierdzi guanem. Działdowo. Stoi w gardle żółtą flegmą.

Wplątałem się w tę historię przez pomyłkę. Wchodzisz do gabinetu wielmoży szefa z nowym wspaniałym konceptem oraz studenckim emocjonalnym bagażem. To pomysł z przyszłością. Jesteś młody i ambitny. Prosisz wyraźnie o świeży, chrupki chleb, dostajesz przedatowanego batona.

– Świetnie, panie Mirku! Doskonale! Oczywiście, tylko że. W chwili obecnej potrzebujemy dobrego, rasowego przedstawiciela handlowego, bardzo potrzebujemy, bardzo, sami rozumiecie, panie Mirku. Najpierw trzeba dać dupy, żeby potem w dupę dać, jak to powiadają, nie od razu Irak zbombardowano, czy to jest jasne? Tak? To co, pomożecie? Nie macie wyjścia.

Czym się różni szef od wibratora? Wibrator nigdy nie będzie prawdziwym chujem, i czy masz jakieś wyjście? Masz. Ci los.

W zasadzie nie handlowiec, ale salesman, albo nawet lepiej! – sales representative. To już znacznie poważniejsza sprawa. Poprzeczka przynajmniej o dwie wartości w górę. Na wizytówce wygląda jak Bóg wie co. Co jeszcze? Należy podejmować nowe wyzwania. To wszystko przynosi nowe wspaniałe doświadczenie. Jakże potrzebne w przyszłości – a ta błyszczy się nieznośnie domniemanym awansem. Dzięki temu potem będzie już łatwiej. Łatwiej też będzie o kredyt. Musisz wykazać się stałym zatrudnieniem i regularnym, dość wysokim żołdem. Wówczas otwierają się drzwiczki. Można łatwiej, za przeproszeniem, zaruchać za przepierzeniem. A ruchać się chce wszak. Oj tak. Cóż, potwór, nie potwór, byle miał pracę. Stałą. Zus, krus, leki z bożej apteki i kluczyki. To różowo wróży na przyszłość. Stałą i (o Boże, zlituj się) dobrze płatną, wówczas, jak na widelcu – drogie wczasy zagraniczne, już na wyciągnięcie ręki różne kolorowe rzeczy. Innych na to nie stać! Więc przestań mi tu pieprzyć, tylko bierz siuraka do buzi. Jak każdy porządny obywatel!

Przedstawiciel handlowy. Dynamiczny, bystry i prawoskrętny. Zawsze na posterunku i postronku. Tania odzież i dużo dobrych chęci. Prawie nieużywanych!

I szkolenia. Cykl miesiączkowy szkoleń. To podnosi rangę i poprzeczkę. Wszystkich. Proszę – firma inwestuje w pracowników. To dobra firma. Dowody? Proszę – tłusty anons w ogólnopolskiej gazecie: ta firma inwestuje w pracowników. Firma być dobra. Wielce szanowny mahatma-szef-ojciec siedzi rozpostarty na szerokim fotelu za szerokim biurkiem z czerwonym kawałkiem dupy zamiast twarzy. Zdarte gardła i zdarte zelówki, panowie. Nie ma innej drogi dla handlowca! Zdolności interpersonalne! Praca pod presją! Znajomość dwóch języków obcych! Ma taki zabawny krawat w Myszki Miki. Od razu widać – cool facet. Zna się na żartach. Jego świńskoczerwone, przepite oczka kręcą się nieprzytomnie w oczodołach, beka nieprzyzwoicie w twarz struchlałej przed władzą stanowiącą o stosunku pracy siły roboczej: zdarte gardła i zdarte zelówki! Kogo szukamy? Najlepszych! Znajomość języków obcych, w tym niezobowiązujący francuz za przepierzeniem. Wieczorem z tym samym wyrazem ryja przepije kilka tysięcy. I gówno was wszystkich to obchodzi. Pionki. A teraz plankton wychodzi. Do widzenia.

– Do widzenia panu – słychać chór młodych, dynamicznych, eunuchowatych głosów. – Dziękujemy za to, że zechciał nam pan poświęcić swój czas.

I jeszcze się z ciebie sobota do końca nie wylała, a już poniedziałek stawia na nogi, cucąc stabilizacją zatrudnienia za cenę ciężkiej pracy. Daj mi Boże zdrowie, usuń zbędne kalorie i odsuń ode mnie ten kielich ciepłych zapachów spod pachy. Zadbaj również o aktorską biel zębów!

Siedzisz w temacie. Pod ręką komóra, na parkingu fura, po hurtowniach tura. Głuche telefony, rulony faksów, sterty ofert, na końcu języka kariera. Ksero w pokoju obok. Chwilowo nieczynne. Kawa, herbata wspólna. Kubek swój – na nim jakieś motto: Arbeit macht frei. Na wysokości oczu stojącego człowieka tablica korkowa i w nią wbite karteczki: sprawy bieżące. Z prawej: najpilniejsze kontakty. Poniżej: dojmujące reklamacje. Jeszcze niżej wielkim, tłustym drukiem cel – szybciej, wyżej, lepiej – chcesz się rozwijać i awansować?! Na wysokości oczu siedzącego człowieka monitor: arkusz kalkulacyjny Microsoftu. Siedzisz w temacie?

Siedzę i opierdalam się, jak mogę. Jak tylko senior nie widzi, dzwonię po znajomych. Dzwonię, gdzie się tylko da, a nawet tam, gdzie się nie da. Jak senior wchodzi, momentalnie przechodzę na ton służbowy, sprawiając nienaganne wrażenie: oczywiście, to da się załatwić, i mrugam okiem – mamy go na widelcu. Senior uśmiecha się i wychodzi. Do kogo by tu jeszcze? Do Anki!

– Aniu? Co słychać? Stare baby nie chcą zdychać... Co, Aniu, pukasz się z kimś? Czy jesteś pukana? He, he, co? Że ja jestem chamski? To ty jesteś chamska, no dobra, dobra, zadzwonię innym razem.

W końcu przychodzi taki czas, że już z wszystkimi rozmawiałeś. To co, pasjansika? Oczy się męczą, monitor z filtrem, ale chyba na podczerwień. Ksero gęby? Ileż można. Głupie faksy do centrali? Wizyta u dziewczyn w księgowości? Jak najbardziej. Ale za często też nie. Spać, opierając czoło o blat biurka. Czujnie. Każdy szelest i na baczność. Jesteś bardzo zajęty robotą papierkową. Jesteś ambitny i zorientowany na sukces. Jesteś skuteczny i masz dużego. Oczywiście, proszę kierownika, monitoruję sytuację cały czas, cały rynek, o – dzisiaj obdzwoniłem tyle (tutaj wskazanie wskazującym na żółtą połać *Panoramy firm*), i co? W zasadzie nic, proszę kierownika. Jutro jestem umówiony na kilka spotkań handlowych, zobaczymy, co z tego wyjdzie. Miejmy nadzieję, że coś wyjdzie, proszę kierownika.

Błogosławiony stan urojonych spotkań handlowych w klubie tuż za rogiem. Czasem dalej, jak się chce gdzieś ruszyć. Po dwóch piwach telefon do pracy:

– Słuchaj, Zosiu, wiesz, przekaż tam szefowi... Właśnie wyszedłem do klienta i idę na następne spotkanie, nie jestem pewien, czy zdążę wrócić do firmy, a więc mogę przyjść jutro? Tak, tak, oczywiście, mamy go prawie w kieszeni, tak, naturalnie, negocjowałem przez całe dwie godziny, da odpowiedź w środę. W tę? Dopilnuję, ma się rozumieć, że dopilnuję. To na razie. To co, panowie, strzelimy jeszcze po jednym? Lech sport travel bezalkoholowy? WTK z lodem? Łódka wyborowa? Goo pills? Total odlot red bull? Utożsamiasz się? Jawohl.

– To po jednym? Po drugim?

Człowiek gotów się zapomnieć. Jeszcze coś, nie widać co, zabarwienie niebieskawe, dość przyjemny kolor maryjny, zimne i słodko-kwaśne, w małym kieliszku, leci w gardło, wzdrygasz się i za chwilę nic nie wiadomo. Park. Za plecami budyneczki i szalet. Wokół lamp oszalały taniec ciem. W saganie szwung jak skurwysyn. I w chwili przebłysku świadomości:

O Jezu, zapierdolili mi teczkę! Klucze, dokumenty, służbowy telefon, wszystkie kontakty. No żywcem wszystko. Krew człowieka zalewa. Po co było? O Boże, po co mi to było! Dość! Od jutra przyrzekam Ci, Polsko, zmienię się. Nie będę palił i pił. Będę chodził na spotkania handlowe. Jak przykazane. Jutro! Nie ma przebacz! Żałuję za grzechy, wrzucam na tacę zwinięty w rulonik suty banknot i wzbudzam w sobie silne postanowienie poprawy, podciągam opadające z tyłka spodnie, usuwam zalegającą w przełyku flegmę, rozprowadzam na włosach gęsty żel, no bede chyba politykiem, no chyba, ale jutro!

Jutro jest bardziej bolesne, niż myślisz. To co? Solpadeina? Panadol extra? Telefon do pracy? O tak, koniecznie.

– Panie Tadeuszu, wie pan co, głupia sprawa, zatrułem się czymś maksymalnie, no nie wiem, w tej knajpie przecznicę dalej, wietnamszczyzna, widziałem, jak koty łapią na podwórku, no poważnie panu mówię, koty, psy, szczury, mrówki, niech pan nigdy tam nie je, o Jezu, na czym oni to smażą? Z pewnością stary tłuszcz, sars story, potworny ból, już lepiej nosić na szyi kapsułki z trucizną niż coś takiego... A może to coś poważniejszego? Pójdę się zbadać, jeden dzień urlopu, panie Tadeuszu, ja muszę.

A teczka czeka spokojnie w barze. Bogu dzięki!

W końcu jak bicz boży nadchodzi arcyważne szkolenie numer dwa. Działdowo sequel. Wita, zaprasza. Zimmer frei. Śniadania-obiady-kolacje. Sala konferencyjna wynajęta dla przedstawicieli i zakwaterowanie w hotelu trzeciej kategorii. Kraty w oknach, prysznic dwa korytarze dalej, wyrobione na sprężynach łóżka, mizerne śniadanko.

Działdowo. Ośrodek wczasowy nad jeziorem. Wypożyczalnia sprzętu wodnego – łódki, kajaki, zielonkawe od pleśni drewniane molo, szarawa nieczynna budka z żywnością i napojami, miniplac zabaw. Jezioro – brudne bajoro, ale w sezonie pełne pulchnej i roześmianej dziatwy. Wczasy pod gruszą wśród gnilnych odpadów. Stołówka, stoły, stołki, ceraty, na ścianach bluszcz, miłe obrazki z jeleniami i zahartowany w wypoczynkowych bojach mistrz ceremonii, wodzirej wystudzonych zestawów obiadowych:

– Proszę państwa, chciałbym serdecznie powitać kierownictwo i pracowników dużej warszawskiej firmy. Brawa! Dziękujemy!

Uśmiechamy się. Topór wojenny zakopany. Esemesy pokoju wysłane. Cała sala śpiewa z nami! A jednak się opłaciło. Dla tej jednej chwili. Warte tysiąca upokorzeń. Może dzięki temu uda się gdzieś niezobowiązująco zakisić ogóra? Rozsiane po całym kraju dzieci delegacyjne. Dzieci postszkoleniowe. Miło by było.

Szkolenie prowadzi wynajęty przez firmę specjalista do spraw szkoleń. Full profesjonalizm. Tego się nie spodziewaliśmy. Czy otrzymamy dyplomy ukończenia szkolenia gratis? Czy będzie można wykorzystać to w papierach? Fajowo. Superowo. Gitowo. Panowie szefowie siedzą tuż obok. Na wyciągnięcie ręki. Jak równy z równym na równi. Jakież to amerykańskie! Naprawdę, pracownicy są zachwyceni. Czują się docenieni i dają to po sobie poznać. Chrząkają i drapią się po plecach. Równe chłopy. Trochę mają te ryje takie niespecjalne, ale to ich niepisane prawo – mieć ryj taki, jaki się chce. W takim momencie kariery nie musisz się uśmiechać i zgrywać równego chłopaka. Na takim szczeblu możesz głośno purkać i ostentacyjnie dłubać w nosie. Możesz w wolnych chwilach do przesady hodować pokaźnego flaka i beztrosko zapomnieć o higienie jamy gębowej. Możesz wybrać sobie szybki samochód i dorodną samicę z dużym wykształceniem. Możesz sobie pozwolić praktycznie na wszystko, o czym nie mogą nawet pomarzyć normalni ludzie. Możesz wieczorem wrzucić na tapetę pornosa ze zwierzętami. Możesz na to wszystko położyć chuj.

Wszyscy jak jeden mąż krzyczą co sił: Firma! Firma! Wszyscy otrzymują segregator i grube kolorowe pisaki do notowania. Nieznośna intensywność szkoleń! Tego się nie spodziewaliśmy. To nas wszystkich jakoś tak zbliżyło do firmy. Zrobiło nam się ciepło pod sercem. Że ona taka dobra, ta firma. Że ona to matka, a my to kurczątka, żabki maleńkie. Tyle się o tym wcześniej mówiło, tyle się o tym słyszało, a tu nagle wiesz, masz, na własnej skórze – segregatory i grube pisaki. Ależ mieliśmy w życiu szczęście! Los z Vegas się wreszcie uśmiechnął.

Panowie szefowie siedzą tuż obok i mają oko na wszystko. W razie potrzeby ingerują w tok szkolenia. Przerwa obiadowa trwa pół godziny, a nie trzydzieści trzy minuty, jak to się co poniektórym wydaje. Jeszcze raz się spóźnicie i wypierdalać do domu.

Pada na nas blady strach. Jesteśmy czerwoni na twarzach ze wstydu. Daj nam palec, a złapiemy całą rękę. Niewdzięcznicy my! Ale to już naprawdę ostatni, ostatni raz. Przyrzekamy na nasze mamy i nasze taty, i Pana Boga.

Dobrze, tym razem się wam upiekło, a teraz zagramy w taką grę. Z rozrzuconych na stole wyrazów proszę ułożyć coś, co kojarzy się z firmą. Praca w grupach. Łokej. Skacz jak małpa. Zadawaj gładkie pytania. A co to? A do czego to? A w tym przypadku? A jeżeli to, to co tamto? Mów to, czego oczekują. Gestykuluj. Uśmiechaj się. Drap. Iskaj. Mamrocz. Niech wszyscy widzą, że coś robisz. Staraj się przynajmniej. Niech widzą, że się przynajmniej starasz. Małpi gaj. Oni to myśliwi, dawcy życia i śmierci. Biali kolonizatorzy, którzy za dobre sprawowanie obdzielą dzikusów wodą ognistą i samodetonującymi długopisami.

Wokół mokro od sromotnych wypocin. Same duperele. Same idiotyzmy. Beznadzieja. Uwiąd.

Wieczorem, po całodziennym mentalnym pasztecie, firma proponuje piknik przy kiełbasce nad brzegiem bajora. Okolice Działdowa. Budka z lodami wciąż nieczynna. Jeszcze nie sezon. No więc siedzimy na plastikowych stołkach i wpieprzamy kiełbasy w musztardzie. Już po zajęciach, a w zasadzie dopiero teraz widać jak na dłoni, kto kim jest. Kto jakim jest człowiekiem. Kto będzie jakim przedstawicielem handlowym. Bo taki przedstawiciel to człowiek otwarty, samodzielny, który umie zaskarbić sobie sympatię osób stojących obok i w rezultacie tak sprytnie je podejść, żeby się kutasom wydawało, że są górą.

Wszyscy skaczą sobie do gardła jak małe wesołe pieski. Tu kawał, tam kawał, klepnięcie w ramię, ledwie napoczęta kiełbaska upada pod stolik, fajnie jest. Moi najlepsi przyjaciele. Firma, rodzina, musztarda, grill. Przyjaźń, dowcip, awans, kurwy, konserwy, muzyka bez przerwy.

Towarzyszki przedstawicielki po paru bronkach głośno deklarują swoją bezpruderyjność. Lubią to robić w taki to a taki sposób. Która octówa brzydsza, to głośniejsza. Z przyjemnością pokażą cycki, ale tylko prezesowi i wyższemu kierownictwu, chamie, ty idź w krzaki na solówę.

Po kilku godzinach na arenie zaledwie paru śmiałków i jeden szef. Zrobiło się jeszcze bardziej domowo. Dowcipy bardziej sprośne. Jeszcze chwila, a będziemy pokazywać sobie fiuty. Szef jest już zdrowy, jak szpok najebany, już bełkocze nieprzytomnie, że pieprzy, pieprzy, pieprzy i jakie pieprzy i gdzie, i że pieprzyć się mu już nie chce, i że furę w autosalonie bardzo chciał niebieską, ale nie było, no to wziął czerwoną. A jeden chuj w dupę! W zasadzie. Pojeździ se trochę i kupi se nową.

– Ma ktoś fajki? – Nikt nie ma. To co? To nic. – Po pety jedziemy do sklepu – postanawia i zataczając się, siada za kierownicą. Kierunek: najbliższy nocny. Najbliższy nocny – osiemdziesiąt kilo stąd. Nic. Hej, kto szlachta! My, my! No i pakujemy się

116

z nim do przestronnego wnętrza. Na sześćdziesiątym kilo policja. Suka? No i buc, knur kierownik wszystkich, kurwa, zna. Nikt nie zakwiczy, nikt nie podskoczy. Na siedemdziesiątym jak coś nie pierdolnie, a on tą kierownicą majdruje najebany w prawo i w lewo. W lewo i w prawo. Wszystko to bardzo szybko, ale zarazem bardzo wolno. Parę sekund – całe życie. Tracimy przyczepność. Komandorze! Ster na lewą burtę! Cała naprzód. Ku nowej przygodzie. Taka frajda nie zdarza się co dzień. Bach, bach! Słupki. Biało-czerwone. Jeden za drugim. Jeb. Krzak. Pierdut. Rów. Wreszcie – na kotwicy.

Co czuję? Czuję, że mnie głowa boli. I kark. Za mną stęka półprzytomny pacjent, po gębie ciekni mu krew, rozmazuje ją łapą i jęczy. Reszta nie wiem. Kapitan-szef, lekko tylko zadrapany, odpina pas i wysiada. Zataczając się, otwiera bagażnik.

– O Boże! Całe szczęście! Truskawki się nie pogniotły.

Tak się bawią. Tak się bawią. Młode szczurki przeprowadzające doświadczenia na białych myszkach. I żegnaj, Działdowo. Z głębokim żalem zawiadamiamy. W pełni sił witalnych. W sprośnej wiośnie życia. Z dalekosiężną nadzieją. Ciężarny marzeniem. Najukochańszy mąż i tatuś. To miał jakieś dzieci? Ano.

– Jedyne, czego w życiu chciałem – szeptał mi do ucha, brocząc krwią w tym zatrzymanym nadspodziewanie nocą samochodzie – to zostać prawdziwym przedstawicielem handlowym i jeszcze... i jeszcze, żeby... Polska do Unii...

– Uspokój się! Wszystko będzie schön... Jeszcze Polska nie zginęła, póki my żujemy!

I żeby wszyscy mieli jasność. Nie ma żartów. Firma jest jak rodzina. Nie ma w niej miejsca dla leworęcznych nierobów.

piątek

Czy pewne alkaloidy znajdujące się w roślinach mogły wpłynąć na kształtowanie się ludzkiej zdolności do autorefleksji? Czy też autorefleksja wywołana za pomocą alkaloidów ubrała proste fakty w nowe szaty cesarza?

Jestem tutaj przybity na pozycji startowej. Zbijam ciśnienie. Z ust nieprzerwanym ciągiem arytmetycznym wypływa mi stek wulgarnych impulsów seksualnych. Rozwija się przed oczyma świat od dupy strony w całej dupowatej okazałości. W powietrzu unosi się neonowa poświata nowych kultowych środków psychodelicznych opartych na alkaloidach owocu muszkatołowca. Sie wi. Piguła, proszek i kogel-mogel rozładują tygodniowe stresy i frustracje pracy na stacji benzynowej. Stoję przez chwilę w przedsionku całkowicie zagubiony i zrobiony, zaglądając do środka przez nieudolnie wycięty w tekturze otwór kluczowy.

Nie ulega wątpliwości, że moment historyczny wyznaczył nam rolę zadupia. Tektura, staniol, gdzieniegdzie biała żorżeta, lycra z lumpeksu. Wszystko już skonfekcjonowane i komercyjnie wyeksploatowane przez mainstream. To, co najważniejsze, jądro, rdzeń, pozostaje zakryte powszechną mcdonaldyzacją, pojawia się w swojej złagodzonej, cukierkowej formie. Medialni animatorzy sprzedają ideologię ery gasnących ideologii, infostrad i przesterowanych inkubatorów w formie samopoziomującej się masy. Pierwotna furia przybiera formę kleiku, który zwisa ekscentrycznym glutem z dekoracji co bardziej avant tv show. To, co surowe, staje się wygotowane, łatwe do przełknięcia. W takiej zmielonej formie pojawia się tutaj, gdzieś na poziomie jelit świata. Zazwyczaj otrzymujemy samo bezużyteczne, choć wciąż kolorowe opakowanie. Wtórna kontestacja jest z dupy wzięta. Powtarzam, z dupy.

Jak i cała reszta. Ty też. Jesteś tutaj.

Stoisz z boku zrobiony i przyglądasz się, jak rutynowo podrygują. Stoisz tuż przy samym głośniku, spowity w zasłony jednostajnej pulsacji aparatów perkusyjnych, szokujących skojarzeń zaczerpniętych wprost z rzeczywistości, dźwięków miksowanych z pulsem, moczem, pierdem, miesiączką, menopauzą, osteoporozą, falami mózgowymi, kosmicznymi szumami, wibracjami egzorcyzmującymi mózg rozmiękczony przez twardy biorytm minimetropolii, wibracjami pobudzającymi wewnętrzne mechanizmy psychoterapeutyczne, i powoli stajesz się wyczulony na gęstość, ciężar, głębię, fakturę, jasność i ziarnistość samplowanych chaotycznie obrazów, nagle wydaje ci się, że nadspodziewanie odkryłeś kosmiczny porządek w cywilizacyjnym bigosie. Już to czujesz. Towar sadza. Miasto wciąga. Log on.

Siedzący obok polityczny konus szarpie mnie niecierpliwie za rękaw, próbując przebić się przez ścianę dźwięku i koniecznie podać mi do wiadomości, że klasy społeczne nadal istnieją, ale są to klasy konsumpcyjne, a polityka niby niezależnych państw to zwykła fasada. W istocie warunki dyktuje kapitał.

Nic się nie zmieniło, nihil novi, widmowe podrygi, bezdnia kipieli topielców, wyluzowani, metaliczni karkopodobni chłopcy ubrani z nowobogackim szykiem za duże pieniądze, wypindrzone, napigulone srajdy, które urwały się na parę minut spod kurateli twardogłowych, prowadzących w rozrośniętych szczękach nowoczesne solaria, fitness cluby, siłownie i punkty kserograficzne w jednym, a kierpce wszyscy mają piękne, pełne dionizyjskiego uroku.

Liberalna demokracja i leninizm są bliskie w swych ideologicznych założeniach – wpycha mi do głowy wyczytane gdzieś politnowinki, dlatego ludziom zrzeszonym w, nazwijmy to tak, różnych związkach wyznaniowych łatwo było przejść od jednego stanowiska do drugiego bez poczucia istotnej zmiany. Kamienice z wielkiej płyty otrzymały nowe kolorowe fasady. Społeczeństwo pogrążone w apatycznej frustracji nie zawraca sobie głowy głosowaniem. A miało być tak miło. Miały być: golonka, pornosy i pucharowa środa przez cały tydzień.

Wszystko podryguje w ultradźwiękowych drgawkach, wyjustowane jak trzeba, ponieważ tak trzeba, ponieważ tak to wygląda na najnowszych rozkładówkach muzycznych stacji telewizyjnych. Domek dla lalek pęka w szwach hedonistycznej gorączki.

Władza trzyma łapę na korporacyjnym monopolu mediów. Sprzedaje świat stworzony z kiepskich reprodukcji w kolorowych brukowcach, ujęty w zimną klatkę odbiorników telewizyjnych, świat starannie tworzonych iluzji i pseudopotrzeb. I to już nie jest czeski film, to koprodukcja na globalną skalę.

W każdym rogu parkietu konfesjonał przygotowany do odparcia najbardziej niestosownych wyznań. Gęsto jest od dobrobytu budowanego przez kolejne pokolenia, bulgocąca kwaśnica na tłustym boczku! W środku wszystkiego za konsoletą wszechmocny terapeuta. Sztukmistrz wymiotów i plwocin. Najmocniejsza z możliwych kart.

Beton, styropian, fundamenty i podwaliny, okrągłe stoły, gorące krzesła, konfederacja przy barze. To jest dopiero pasjans! Erupcja najeby! Muzyka zwija się i rozwija jak wszechświat wedle ostatniej hipotezy, chlastając zielonym gumowym szlauchem po nogach opornych samic. Muzyka bez niepotrzebnych zobowiązań i poszukiwania kłopotliwych odpowiedzi na równie kłopotliwe pytania. Muzyka sfer wypełnionych tauryną, efedryną, metylenodioksymetaamfetaminą, myrystycyną, acetorfiną, benzylomorfiną, difenoksyną, alfametadolem, etoksedryną, drotebanolem, bezytramidem, ketobemidonem, furetydyną, nikomorfiną, pirytramidem, racemetrofanem, tylidyną, folkodyną, lewometrofanem, oksymorfonem, proheptazyną, betameprodyną, dimefeptanolem, racemetrofanem, violetem, smołą, plasteliną, sucharem, lolkami, bronkami, fetą, siarą i mocznikiem. Dalej! Byle do przodu... Bella pupa show!

Zmroziło mnie. Panie pośle, zmroziło mnie. Jestem pod wrażeniem deflorującej erudycji. Poddaję się. Mimo to chcę się cieszyć tym pustym widowiskiem o wyraźnie koniobijnej strukturze. Pragnę poddać się odświeżającej kąpieli w gigantycznych kompleksach militarno-rozrywkowych. Z całą świadomością, że sterczące przez kusą koszulkę kultury sutki mizdrzą się pod dyktando technobiurokracji.

sobota

Budzisz się rano i nie wiesz, gdzie jesteś. Otwierasz szerzej patrzały i zdaje ci się, że już wiesz. Metazwał. Sagan wyparzony do cna, styki przepalone, kable zmięte, rzucone naser mater, a stary za kotarą daje niestworzone monologi kotleta. To jego kwadrat. Kwadrat pięćdziesiąt sześć ze schowkiem, piwnicą, lodówką, pralką, meblościanką i wspólną suszarnią na jedenastym w pakiecie.

– Prywaciarz taki – mówi nieludzko zirytowany – a nie wie podstawowych rzeczy, on mi mówi, panie Stasiu, niech pan to przyniesie, a ja mu mówię, panie, co pan mi tu mówisz, nie wiesz pan, że to trzeba najpierw posmarować, żeby się trzymało? no nie wiedziałem, mi mówi, nie wiedział, mi powie, taki jesteś prywaciarz, a nie wiedziałeś, widzisz? taki jesteś cwany, a nie wiesz, a nie znasz się, że to trzeba posmarować wcześniej, żeby się nie wytarło, taki jesteś, ja mu mówię, panie, idź pan lepiej, siądź, napij się pan kawy, poczekaj pan, tu się zrobi, bo tu nie trzeba dyrygentów, to się zrobi, ja już tam wiem, o co chodzi, o patrz pan, mówię, bierzesz pan to i smarujesz pan, wsadzasz pan i jak chodzi? chodzi, co? no, panie Stasiu, ja nie wiedziałem, mi mówi, ja nie przypuszczałem, a idź pan, mu mówię, tego pan nie wiesz? podstawowej rzeczy pan nie wiesz? to co z pana za prywaciarz, jak się pan na tym nie znasz, jak pan chcesz coś robić, jak pan nie wiesz tego? no panie Stasiu, jak to dobrze, że ja pana mam za pracownika, ja bym bez pana nie wiem co, a pewnie, że dobrze, ale jak mu mówię, że trzeba trzydzieści metrów, to się kłóci, że czterdzieści, a bo ja nie wiem? a bo ja nie widzę, co jest? ale nie, on się będzie upierał, będzie mi wmawiał, że musi być po jego myśli, że jak on coś powie, to ma rację, a potem się okazuje, że nie miał racji, i mówi, panie Stasiu, pan miał rację, dobrze, żeś pan był, żeś pan doradził, bo co byśmy zrobili z dziesięcioma metrami ekstra? w dupę byśmy sobie wsadzili, mu mówię, psiakrew, skurczybykowi...

– Nie przeklinaj – rzuca mechanicznie matka.

– Co nie przeklinaj, co nie przeklinaj, cożeś się taka delikatna zrobiła – mówi – jak było, zarobił na tym i nic nie posmarował, ale ja mu powiem, panie, pan coś musisz posmarować, żeby nie wiem co, panie, bo ja tak robić nie będę, świątek-piątek, sobota, niedziela, gdzie pan takiego dobrego pracownika znajdziesz? co? ja się pana pytam, gdzie? No właśnie, nigdzie, bo ludzie sobie wolą w sobotę odpocząć, poleżeć, pooglądać, a nie chodzić załatwiać, ja mu powiem, albo pan smarujesz, albo chodź se pan sam w sobotę szukaj, pytaj, załatwiaj, nie? Nie mam racji czy mam? Czemu nic nie mówisz? Czemu się nie odzywasz?

– A co się mam odzywać?

– Żeby coś powiedzieć, doradzić.

– Co ja ci będę doradzać, jak ty i tak wiesz swoje.

– Ale doradzić byś mogła, coś powiedzieć, coś człowiekowi ulżyć, zapytać, zrozumieć człowieka, a nie tylko sam i sam, wszystko sam.

– A daj mi już spokój.

– Co daj mi spokój? Co mi tak mówisz?

– Ojciec – wołam z nabrzmiałym od skurczów otorbieniem. – Telefon do ciebie.

– Kto?

– Prywaciarz.

– A witam pana – stary podchodzi do telefonu na miękkich od wazeliny nogach. – Witam, witam, dobrze, dobrze, co? Co robię? A co mam robić w sobotę, siedzę, panie, i oglądam se program o zwierzętach. Robota jakaś jest? Nie, nie, nie jestem zajęty, będę, będę, za chwilę, już się ubieram, już schodzę. No, kurwa jego mać, jeszcze mi każe w sobotę robić – mówi, odkładając słuchawkę.

– Nie przeklinajżeż – mówi matka.

– Co nie przeklinaj, ty byś w sobotę robiła? – rzuca stary, wciągając spodnie. – A idź, kurwa jego mać, a to mi zepsuł taki fajny program o zwierzętach, ale ja mu powiem, panie, pan musisz coś posmarować, ja tak świątek-piątek robić nie będę za damski chuj.

niedziela

Budzisz się rano, rozdupcony mentalnym fistingiem, a info obuch daje ci niedwuznacznie do zrozumienia, że wszyscy skończymy jako części zamienne, a nasze zarejestrowane życie będzie udostępniane w wiejskich wypożyczalniach wideo – najbardziej drastyczne i najmniej stosowne momenty w zgrabnej kilkuminutowej klip-pigułce.

piątek

Koegzystencja ze światem minicytatów, samplingu, kolażu, zapożyczeń przypomina wyławianie z gulaszu co bardziej atrakcyjnych kąsków. Jak to zwykle z tymi technikami bywa, łatwo dostrzec, że ktoś zrobił to wcześniej. Przeżuwamy przeżute. Co nie do końca jest pozbawione ikry twórczej. Przeżute drobinki łączymy ze sobą w przedziwne formy i proszę, już mamy sympatycznego małego mutanta, z równie małą, ale jarą giwerą. Całą armię zabawnych mutantów. I nie ma co się miotać, nie ma co narzekać, żujmy dalej, życie stygnie.

Dziś laserowo-stroboskopowa przestrzeń i psychoaktywna muzyka. Mikser, sekwencer, syntezator, sampler, automat perkusyjny i gramofon z napędem magnetycznym. Siódma woda po Detroit. Parkiet pełen podrygujących przerośniętych plemników i zmutowanych komórek jajowych – niech żyje bal! Drugi raz nie zabawim się wcale! Więc.

Wejdź. Zejdź. Wejdź raz jeszcze. I zalicz zjazd.

Kończy się tak samo. Zaburzenia energetyczne znane jako syndrom ekstatycznego wypalenia w pełnym asortymencie pustych zajezdni komunikacji miejskiej. Niebieski świt na szarych od nocnych--porn-industry-wzruszeń blokowiskach. Wśród betonowych placów zabaw. Zielonkawych kikutów ławek i wydrapanych do białości rozkładów jazdy. Na ponurych stacjach benzynowych z hostią orzechowego batonika, który staje w ustach nerwowo poruszanych postspidowymi drgawkami. Istnieje domniemanie, że cracovia-jude-gang śpi spokojnie i śni im się, że zajebali wszystkich politycznych przeciwników. Tym lepiej dla nas! Bezpłodnych i zblazowanych mutantów.

Flashbacki opakowań wtórnych wewnątrz i na zewnątrz ciała. Za chwilę podamy sobie racuchy dłoni i pójdziemy przed siebie, każdy do cienia swojej klatki, wymijając po drodze nachalne spojrzenia sąsiadów i byłych przyjaciół z podstawówki, pokornie zmierzających na pierwszą z możliwych mszy świętych, żeby odbębnić moralny obowiązek wobec kwiłącego sumienia i mieć na resztę dnia spokój. Tymczasem zlasowany organizm nie pozwala zmrużyć oka, pogrążając bezwładne ciało w niedziel-no-rosołowo-ziemniaczanym zombitransie.

niedziela

Budzisz się i patrzysz przeciągle w oczy jakiejś niebiańsko pięknej pizdy z przedatowanej okładki miesięcznika poświęconego życiu i urodzie. Czujesz, że ją kochasz. Absolut przenika cię na wskroś. A transcendentalne torsje wyrzucają z twojego targanego wisielczymi nastrojami organizmu cały niedzielny zapas świeżo zaprasowanej energii. Szkoda.

– Wymiotowałeś? – pyta matka.

– Nie – mówię boleśnie.

– Wczoraj musiałeś popić, co? – pyta matka, krzywiąc się z odrazą.

– Zatrułem się czymś – mówię i na dowód tego, że się zatrułem, łapię kikutami za żołądek.

– Wódką – mówi matka sardonicznie.

– Grypa żołądkowa – rzucam za siebie i zamykam drzwi do pokoju.

– A będziesz mi mówił: grypa żołądkowa – marudzi matka przez zamknięte drzwi i widzę tylko jej poruszający się cień znerwicowanej baletnicy – Myślisz, że ja nie wiem. Myślisz, że ja nie znalazłam tych butelek po piwie i po wódce w szufladzie.

Myślisz, że ja nie wiem, po co ci koledzy przychodzą, a jak wychodzą, to się dziwnie śmieją? Myślisz, że ja taka głupia jestem? A co, powiesz mi, że ich częstujesz tylko herbatą? Za stara jestem na takie chwyty. Ale ty się doigrasz, ty zobaczysz, ty się jeszcze przekonasz, jak to jest. Koledzy się skończą, wszystko się skończy, jak się pieniądze skończą, jak pracę stracisz i wylądujesz na bruku, to wtedy otworzysz oczy, przejrzysz wreszcie na chwilę, ale wtedy będzie za późno, ojca-matki nie będzie, żeby pomóc, żeby podać pomocną dłoń, i wtedy będzie płacz, jaki ja głupi byłem, że ojca-matki nie słuchałem, że nie szanowałem pracy, że bimbałem sobie na wszystkie ostrzeżenia, a nie jest tak łatwo znaleźć dobrą pracę. I zobacz, jakie my ci tu stwarzamy warunki do pracy. Wszystko masz, rano bułki na śniadanie, to ja, stara, muszę obudzić się i iść do sklepu, kupić, przynieść i nawet nikt nie podziękuje, a ty wstajesz, codziennie prysznic, bułeczki masz podane, wszystko masz wyprane, obiad podgrzany, kiedy chcesz, telewizję kablową, komputer, własny pokój. Powiedz mi, człowieku, czego ty chcesz od życia? Przychodzisz nad ranem do domu i rzygasz. Budzisz się wieczorem i rzygasz. Wiesz, co ci powiem, ty stracisz swoje życie, ty je przegrasz. Wstawaj w końcu z tego łóżka! Ja ci obiadu grzać nie będę!

niedziela, godz. 19.20

Odczuwam powidoki bólu w zakamarkach szyszynki. Odważyłem się przełknąć kilka kęsów. Udało się! Nie zwróciłem. Powoli wracam do zdrowia i powłócząc nogami, przechodzę do pomieszczenia telewizyjnego. To tato. To mama. To telewizor. Stary siedzi wpatrzony w jakiś show, z wielką podświadomą nadzieją, że któryś z jego uczestników zostanie zaszczuty na śmierć.

– Co, popiło się wczoraj? – pyta stary z uśmiechem, nie przerywając kontaktu z przekazem.

– Nie – mówię, nawiązując kontakt.

– No nie, przecież widzę – mówi stary z uśmiechem, bo zna się na rzeczy.

– Nic nie piłem – mówię cierpko.

–To co żeście pili? – pyta stary rzeczowo. – Wódkę?

– Kilka piw – mówię.

– Piwem łatwo się zatruć.

Matka wchodzi z ciasteczkami i herbatą.

– Zobacz, jak on je.

–Jak? – pyta stary, który niczego nie zauważa.

– Jak? – pytam ja.

– Jeszcze się będzie głupio pytał jeden z drugim. Jesteście siebie warci, jaki ojciec, taki syn, tylko wódka i wódka w głowie.

– Jaka wódka, przestań, mamo – mówię.

– Co? Jaka wódka? Kiedy ty przestaniesz wreszcie znikać na całe noce? Kiedy zaczniesz coś robić?

– Przecież pracuję.

– Ja widzę, jak pracujesz. Chodzisz tylko nocami, nie myślisz o pracy.

– Jak mam niby myśleć o pracy?

– Na poważnie, a nie tak. Wydaje ci się może, że będziesz całe życie tak pracował, będziesz chodził i pierdział w stołek?

– Znajdę jakąś pracę.

– Już widzę, jak znajdziesz. Jak ty się będziesz tak dalej zachowywał, to nigdy nie znajdziesz!

– A jak ja się niby zachowuję?

– Nie ma cię w domu!

Wygenerowana komputerowo gwiazda klęczy malowniczo przy grobie najbliższych, opowiadając o wielkiej ludzkiej traumie. Wszak wszyscy jesteśmy głodni wielkiej cudzej traumy.

– Powiedziałbyś mu w końcu coś, bo on się doigra – mówi matka do starego.

– Co mam mu powiedzieć? Sama mu powiedz, jakżeś taka mądra – odpowiada stary.

– Co myślisz, że ja mu nie mówię? Ja mu cały czas mówię.

– A co myślisz, ja mu nie mówię?

– Nie mówisz!

– Bo ja już przestałem mówić, ja sobie powiedziałem, dobra, przestaję mu mówić, bo nie ma sensu to mówienie. Zobaczymy, co z tego będzie, zobaczymy, co zrobi.

– I co zrobił, no powiedz mi, co?

– No przecież ma pracę, ma szkołę, ma dwa fakultety, zna języki, poprosi się, pogada się z panem Waldkiem i coś mu znajdzie, a jak nie, to się powie Tomkowi.

– Ty wierzysz, że ten Waldek mu coś znajdzie? Że mu pomoże? Ty w to wierzysz?

– Czemu miałby nie znaleźć?

– On potrzebuje energicznych ludzi, ty to rozumiesz? Nie takich leni śmierdzących jak on, tylko by leżał do piątej w łóżku i jeszcze się zerzygał do wanny, co, może tego nie wiesz?

– Rzygałeś? – pyta stary.

– Nie – mówię.

Jeszcze mi nie zeszło. Jeszcze mnie trzyma.

Jeszcze mnie potrzyma.

poniedziałek

Nie owijajmy w bawełnę, jest przekurewsko nudno. Większą część dnia siedzisz jak padnięta mumia w przykrótkim wieśniackim mundurze, bo na inny cię nie stać, bo taki ci głodowy żołd płacą, żonglując prawem pracy i sprytnymi przepisami. Omamiony wizją hipotetycznego awansu na wyśnionej drabinie hierarchii służbowej, przywiązany do krzesła za blatem i monitorem musisz odpierdalać tę komedię o dobrym wrażeniu, musisz siedzieć w wieśniackim mundurze, by sprawiać kurewsko profesjonalne wrażenie, bo jakby to było, no powiedzcie, jak by to było, gdyby tak nagle wszedł klient nasz pan i zobaczył cię w innej pozie – osobowościowo nagiej i niesympatycznej pozie – karykaturze wyzutej ze znamion dobrego smaku, kultury osobistej i zawodowej, potencjalny klient mógłby nie wejść do środka, mógłby sobie coś pomyśleć niezdrowego i nie skorzystać ze wspaniałych usług, przyjemnej obsługi, sympatycznego, klimatyzowanego, pastelowego wnętrza, starannie dobranych kredytów i równie atrakcyjnej oferty lokat terminowych.

W te oto wspaniale nudne dni za dniami jedyne, co w miarę normalny człowiek może zrobić, to:

a) Ciąć komara na zapleczu skulony gdzieś na krześle w kącie niczym zwiędły, żółty, sparciały kalafior.

b) Zainstalować się na dłużej w srocu, w kontemplacji białej higienicznej glazury, kręcąc ze srajtaśmy jakieś wymyślne origami.

c) Ustawić się za blatem, pulpitem i monitorem w hiper reality show profesjonalnej pozie, sztywny niczym pierdolona mumia.

d) Porozumiewać się siecią wewnętrzną z całą zblazowaną resztą, co wygląda szalenie profesjonalnie, bo siedząc prosto, sztywno niczym (patrz wyżej) za blatem, pulpitem, patrząc w monitor jak zaczarowana kobra w koniec fujary, możesz wystukiwać bzdety na klawiaturze, przesyłać niemoralne treści pornograficzne zaufanym kolegom i koleżankom z tego zajebistego, totalnego, przepitego szkolenia w Warszawie, czadzik był, co? gites było, co? a pamiętasz, jak żeśmy po to wino?

No, no, wino, jak to? o kurwa... te awantury... pyszcząca Wiolka w przeszklonej recepcji hotelu na Pradze...

– Jak to nie ma dla nas pokoi na szóstym piętrze? Przecież pokoje te miały być zarezerwowane podczas, jak zapewniano nas wcześniej, całego naszego pobytu w Warszawie? Nie, proszę panią, ja na parterze, i na dodatek w pokojach przeznaczonych dla osób niepełnosprawnych, mieszkać nie będę.

– A my co – mówię do Romka – my będziemy w tych pokojach dla niepełnosprawnych mieszkać?

– Poczekaj – mówi Romek, patrząc na czerwoną ze zdenerwowania Wiolkę – zobaczymy, co ona nawywija.

134

– Jak to? – denerwuje się Wiolka – wie pani, kim jesteśmy? Jesteśmy pracownikami dużego, znanego, notowanego na giełdzie banku i to zdecydowanie urąga naszym przyzwyczajeniom i kulturze osobistej, ja proszę o rozmowę z kierownikiem.

Wieczorem pojawiają się grube jak palce owady. Dziewczyny myślą, że to szerszenie, i przychodzą do naszego pokoju, żebyśmy je wygonili. Tak, naturalnie, zrobimy to, zrobimy to ochoczo. Ale wiemy z Romkiem, o co chodzi. No chcą się kopcić napalone sikoreczki, nawet nie ma bola, że tak nie jest.

Na balkonie dziewczyn rzeczywiście są wielkie bzyczące chrabąszcze. Dziewczyny boją się i piszczą, a potem wspólnie decydujemy, że kupimy zero siedem i będzie fajnie. Jakieś dewiacjo-wariacje z prądnicą będą. Dobra. To my z Tomkiem idziemy po to zero siedem i coś do płukania rury, a one się umyją.

– Ty, Romek, którą wolisz? – się pytam, ale Romkowi udzielił się warszawski klimacik i burczy coś pod nosem.

– No pewnie, że tak – mówię do Romka. – Ja też bym wolał Pamelę Anderson, ale to nie jest *Niebezpieczny patrol*, tylko Praga, i co gorzej Warszawa.

Romek mówi, że tak.

– Ale co tak? Co tak? – pytam niecierpliwie Romka, bo z kolei i mnie udziela się klimacik warszawskiego wieczoru na Pradze, pod socreal sklepem, wśród rozjebanych automatów telefonicznych, wykrzywionych dwupasmówek, chybotliwych kładek, hałasu tramwajów, rachitycznej zieleni i wszechobecnych gówien na dziurawych chodnikach, dzikich parkingów i pryszczatych bankomatów usytuowanych w niszach salonów samochodowych. A dziewczyny nie chcą się kopcić, bo nie. Chcą chichotać i słuchać, jak chłopcy opowiadają kawały o nieruchawych blondynkach. He he, hi hi. A potem wszystko kończy się betonowym kacem.

Zaprawdę, powiadam wam, każdy chce być niestosownym urzędnikiem, że niby tak, a jednak nie, że niby coś, a jednak nic, że jebać system, ale tylko deklaratywnie, że jakoś to, kurwa, będzie potem, bo potem będzie czas, by powłócząc nogami, wybrać się na exotic trip do Tajlandii, wykonać na miejscu pamiątkowe zdjęcia i pokazywać je znajomym, stwarzając pamiątkową aureolę wokół głowy i główki.

O Jezu, ale było fajnie, a ja cież nie sune.

Do rzeczy. Na początku była sieć wewnętrzna. Z niej wszystko się zaczęło. Ona wystąpiła z jakimiś pretensjami, że oddział taki to a taki nie przestrzega pewnych ustalonych procedur, a przecież po to te procedury są chyba ustalone, żeby ich przestrzegać, nie? A ja jej tylko z nudów nie spuściłem po brzytwie, nie odburknąłem nieprzyjemnie, nie charknąłem czymś wrednym, jak to miałem w zwyczaju, stosunkując się do procedur i głupich proceduralnych cip, bo już mi się nic, ale to nic nie chciało robić. Mógłbym teraz spokojnie zamienić się w paprotkę i spędzić resztę życia w doniczce nad fotelem w dużym pokoju z widokiem na telewizor, ale serdecznie przytaknąłem: ależ oczywiście, masz rację, słonko, nigdy więcej się to nie powtórzy, przepraszam w imieniu całego naszego oddziału, bardzo, bardzo, w ten deseń, w tę mańkę, w ten koloryt. A co miałem zrobić? Nuda, flauta, beznadzieja, że aż człowiekowi pyskować się nie chce.

I ona ten haczyk połknęła.

Na początku były zwykłe słowa, słówka i pół-słówka, obwąchiwanie się, obszczywanie terytorium, praca be, płace fe, kierownik niedobry, a zastępca kierownika to włazidup i kutas pierwszej wody, tak, tak, co za los nas spotkał! A jakie mieliście szkolenie, fajne? Nasze też bardzo fajne, wiesz, kolega, taki Maciek, strasznie namieszał i on w tej windzie, no wiesz co, no nie udawaj, że nie wiesz, i tak dalej, potem samo się to tak potoczyło...

<świntuszek jesteś, o czym myślisz?>

<o rozmnażaniu lub też, jak kto woli, o problemie podtrzymania gatunku ludzkiego, o ewolucji!>

<zawsze mnie ciekawiło, o czym myślą faceci, patrząc na nogi pokazywane przez laseczki w krótkich spódniczkach...>

<a to twój pan i władca ci nie powiedział?>

(Przyznała się, że ma, na nieszczęście, męża.)

<a ty byś powiedział swojej żonie, że podobają ci się nogi tej czy tamtej dziewczynki?>

<no pewnie, że tak, a mąż ci tego nie mówi? wiesz, że jesteś ładna>

(Biorę ją pod włos, znam się w końcu na kobietach. Słabo, ale zawsze trochę.)

<to mąż już nie musi zachwycać się innymi kobietami, no nie?>

<zdziwiłbyś się, właśnie po ślubie mężowie chętniej rozglądają się za obcymi kobietami, i to już nie jest wtedy takie zabawne>

(He, he, było się żenić?)

<po czym to poznajesz?>

<widzę, bo robi to przy mnie, a jak ja się denerwuję i mu to mówię, to krzyczy na mnie, że sobie to wymyślam>

(He, he, widziały gały, co brały, he, he.)

<próbuję, ale nie mogę, ale od czasu do czasu robię sobie wypady z koleżanką mężatką na Chipendalesów>

(A więc ona taka, fiu, fiu, to ci dopiero nowina, może się da przyszczypać.)

<no widzisz, też sobie lubisz popatrzeć na fajnych panów>

<wiesz co, dokończymy jutro, dobrze?>

Boisz się powiedzieć? Taka jesteś niby frymuśna, taka fikuśna, a jak przyjdzie co do czego, to się chowasz? No cóż, dobrze, nie będę napierał, dokończymy jutro, jutro będziemy sobie gadać dalej na tematy koleżeńsko-terapeutyczne z papier mâché.

wtorek

Jestem zalogowany. Przypięty. Czekam. Napisz. No napiszżeż.

<<<Plik: Uuaah.exe>>>buziaczki, przesyłam coś dla wprawy>

<pyszne, niezły wynik, wstępnie też całuję serdecznie>

<a jak całujesz?>

<delikatnie, najpierw niby płatki róż muskam usta, i posuwam się dalej, dalej>

(Cóż to za brednie opowiadam, na Boga?!)
<a co dalej, dalej gdzie całujesz?>
<w szyjkę...>
(macicy... i tu śmieję się w głos, he, he, że aż pani kierownik rzuca bacznie okiem: co on taki wesoły pod wąsem, ale widząc baczne spojrzenie, natychmiast poprawiam się w swoim profesjonalnym gorsecie i chrząkam na znak swojego profesjonalizmu i zaangażowania w pracę zespołową, w szyjkę macicy, no ale mi się żart udał.)
<uwielbiam pocałunki w szyjkę!!!, a co dalej??>
<w sekretny biustonosz>
(Biustonosz to ja widziałem... kiedy? Chyba że wtedy, jak się ciotka myła na wsi w kuchni, a ja ją z kolegą podglądałem zza okna, w tej jej bimbały wpatrzeni jak w cukier, ale wtedy byłem mały i pamiętam to jakoś niejasno.)
<w biustonosz czy pod biustonosz? Kupiłam sobie dzisiaj komplecik do aerobiku, bo właśnie od niedawna chodzę poprawić kondycję>
<najpierw w, potem pod, albo na odwrót>
(I nieoczekiwanie czuję, że ten element ciała nabrzmiewa w nogawkach przepisowo ciemnych, zgodnych z uregulowaniami, zaprasowanych w idealną kantkę spodni, i jak nieprzytomny odpowiadam na żmudne pytania pani kierownik, która zdecydo-

wała się raptem o coś zapytać, żeby podtrzymać zdrową relację w zespole.)

<a może od razu zdejmij? Przejdźmy dalej... i niżej>

<w brzusiu i pępek>

(O Boże, co to za kobieta! Jeszcze takiej nie widziałem, no chyba że... Właśnie tak! na filmach!)

<robi się gorąco, zejdź niżej>

<niżej... niżej... ale gdzie?>

(Mówi chyba o nogach!! Bo cóż tam innego jest? Ano tak, już ja wiem, co tam jest innego – widziałem tę rzecz na zdjęciach, to przypomina rozwartego małża!)

<i znowu się zaczyna, myślałam, że się już trochę ośmieliłeś przy mnie? Przejdź niżej, ale jeszcze nie do ud>

(Ojej, trzymajcie mnie mocno, ta koleżanka z innego oddziału to prawdziwy wulkan!)

<dobra, dobra... no to muskam>

(Jest godzina 12.18, na horyzoncie żadnego klienta, widziałem to także na specjalnych, no chyba, że filmach, że kobiety mają tam takie czerwone rzeczy, przypominające rozklejający się pieróg... i zaraz znajduję się prawie pod narkozą. Mogliby mi teraz usunąć trzonowe i wyrostek robaczkowy tymi samymi szczypcami, nie poczułbym nawet, tak mi szumi w głowie. Piszę, sam nie wiem, dlaczego to robię: „cip" i jeszcze kropki.)

<o Boże, aż tak się ośmieliłeś? gratuluję, to może wróćmy teraz do biustu, co? oj, nie wyobrażam sobie spotkania z tobą twarzą w twarz po takich rozmowach... na czym to stanęliśmy? chyba na powrocie do biustu, no więc może teraz moja kolej, skoro ty już wszędzie byłeś?>

<zapraszam>

(W samą porę to powiedziała, bo moja fantazja była już na wyczerpaniu.)

<zacznę od całusków w jedno oczko i w drugie, teraz nosek, gorący całusek w gorące usteczka, bardzo gorący, teraz w szyjkę, tak jak ja lubię, z lewej strony... no i jak? czujesz to już?>

<czuję i to jeszcze jak... aj>

(Żeby tylko koleżanka obok nie zauważyła dziwnego zachowania, dziwnego wiercenia się na krześle i wypieków.)

<no to jedziemy dalej... schodzę do klatki piersiowej, a tu niespodzianka: dwie sterczące sztywno brodawki, wiedząc, że to powoduje podniecenie, językiem zjeżdżam niżej i niżej, do pępuszka i jeszcze niżej...>

<oł...>

(Zaczynam pocierać nogami o sterczącą jak nie wiem co, w bawełnianych majtkach bokserkach, nabrzmiałą rurkę do sikania.)

<zapomniałam, co jest poniżej pępuszka, możesz mnie naprowadzić?>

<...>

<właśnie sobie przypominam, chyba poniżej jest... przyjemność, hm, hm, to zależy, czy mężczyzna to lubi>

<...>

<tylko co się z „tym" robi?>

<bierze się w paluszki i wyczynia cuda>

(Skąd się bierze ta śmiałość? Oj, będę musiał się z wszystkiego spowiadać, ale raz się żyje!)

<a ja jeszcze widziałam inaczej, chciałbyś? tylko jak to zrobić przez sieć?>

<obrazowo lub opisowo>

(Nie przestawaj, proszę, bo już zaczynam cię kochać, naprawdę! O tak, naprawdę szczerze ją kocham i wielbię i nie opuszczę jej aż do śmierci klinicznej!)

<to może opisz mi spotkanie obu płci w tym decydującym momencie, bo ja już bym tutaj zaczynała, ale ty, jak sądzę, wolałbyś jeszcze pograć, co?>

<mógłbym też zacząć, a co mi tam>

(Co? Co? Już nie słyszę pytań koleżanki, na wpół świadom świata realnego. Co? Nie mam bloczków – odpowiadam jej na odwal się.)

<napisz, jak sobie wyobrażasz finał, kotku>

<jak to jak>

(No właśnie, jak?)

<oł bejbi!!>

(Boże, co się dzieje z moim siurakiem!!)

<kończę, kotku, do jutra, mam nadzieję, że mnie nie zaskoczysz jakimś urlopem... nie wybaczyłabym, całuski!!>

Cały dzień mam taki jakiś miękki, oszołomiony jestem jak owad po zimowym śnie, że nawet ci klienci mi koło tyłka latają i nie mam do nich wewnętrznych pretensji oraz wyrzutów bez ujścia. A po pracy wracam do domu i tam w łazience masturbuję się wściekle, obowiązkowo wyładowując nagromadzone w karku grube pokłady stresu. Do widzenia, do jutra, maleńka! Bo wszystkie jutra zapowiadają się bajecznie dwujajecznie.

środa

Świat przestał dla mnie istnieć. Pragnę elektronicznego ciepła twego ciała. Pragnę umrzeć w objęciach przewodów i macek na pokrytych żelem skroniach.

(One, wierzcie mi, lubią taki zimny dystans, że niby nie, a jednak tak.)

<no, nie wiem, ktoś mi wczoraj to obiecał, jak tam po wczorajszym seansie?>

<świetnie, świetnie, jak nowo narodzony, nie pisałem, ponieważ nie mogłem zalogować się na swój pulpit i pracuję teraz na stanowisku koleżanki, zatem być może dziś nici z grania i pisania>

<wczoraj było naprawdę super <<Plik: garfield04.gif.>>>

<chyba to nie była twoja reakcja na wczorajszy dzień?>

<może tak, może nie>

(W gifie wściekle onanizujący się garfield04 i mysz się też tam pałęta w jednej z ról, ojej, jak mogłem jej to przesłać?? No chyba troszkę przesadziłem. No, no, nieładnie.)

<zatem gratuluję sobie i tobie, a co dzisiaj?>

<dzisiaj nic>

(Nawet na to nie zareagowała, nie obraziła się! Jakaż frywolnie fajna musi być.)

<co to znaczy? nie mogę pracować bez rozmów z tobą „...jesteś jak narkotyk...", czy mogę liczyć jeszcze dzisiaj na rozmowę? mam coś na osłodę <<Plik: ACD Wallpaper.bmp>>>

(Znowu animowana, czarna, cycata wsuwająca między nogi i wysuwająca spomiędzy nóg pokaźnych rozmiarów bagietę.)

<mówiłam, że mam czarną karnację>
<ślicznie>

(Patrzę na animację jak zaczarowany. Co za ruja! Żem takiej jeszcze nie widział.)

<co ślicznie? ślicznie wyglądam?>
<no>
<...>
<halo, halo>
<...>
<już mnie nie kochasz?>

<nie było przez chwilę prądu, myślałam, że wyjdę z siebie, nie rozmawiając z tobą, i wiesz co? czekałam na takie słowa tak dawno, że już zapo­mniałam, jak one brzmią, a pytanie? chciałam ci to już dawno powiedzieć – kocham>

<czuję żar, jaki się między nami wytwarza, gorąco i podniecająco>

<też to czuję, jest cudownie, widzę, że ta przyjaźń przeradza się w gorący romans, co ty na to?>

Za morzami jest Babilon, królestwo bab, mężczyznom jest wstęp wzbroniony! Ale ja się tam, niech to szlag, dostanę! Jestem wyposzczonym szeregowym pracownikiem banku wzorowo obsługującego klientów indywidualnych, proszę państwa! Mnóstwo ofert! Mnóstwo korzyści! No, co będziemy się smarować głupim kremem jak ministranci. Ja na takie kawałki lecę jak do miodu pszczoła albo mucha do guana.

czwartek

I nawet żech się nie obejrzał, jak już była o tym mowa. Jak to mówią, po nitce do pępka.

<mam ochotę na chwileczkę zapomnienia... mniam>

<wymyśliłeś coś, aby przypieczętować naszą decyzję? chyba że się rozmyśliłeś, jakoś bym to przeżyła>

<jaaką decyzję?>

(Powiedz to! Chcę usłyszeć to raz jeszcze!)

<żeby przerodzić przyjaźń w gorący romans>

<nie rozmyśliłem się, jestem całkowicie zwarty i gotowy>

<może ustalimy jakiś termin?>

(Tak, tak, koniecznie, natychmiast!)

<termin? jestem wolny, więc żaden problem, ale ty chyba nie możesz sobie tak po prostu robić, co chcesz... wiesz, mąż i tak dalej...>

(Niespodziewanie zaczyna prześladować mnie wizja męża-górnika, który obcina mi jaja przy samym tyłku, przy okazji bezpowrotnie niszcząc przykładnie wyprasowane, ciemne urzędnicze spodnie.)

<mój mąż pracuje na trzy zmiany, zawsze mogę znaleźć trochę czasu, żeby ulotnić się na małe co nieco>

<wolałabyś wpaść do mnie? Mąż w soboty też pracuje?>

(Obcina mi jaja przy samej dupie, a następnie przyrządza aromatyczną jajecznicę, z cebulką, ma się rozumieć, a jakże!)

<oj, nie drażnij się ze mną, bo jak się zdecyduję, to wsiądę do pociągu byle jakiego – oczywiście w stronę Krakowa – i przyjadę! I wtedy okaże się pewnie, że nie tak sobie to wszystko wyobrażałeś>

<ale niby jak... tak...? <<Plik: tom i jerry.gif>>>

(Tom i Jerry, opętani demonem seksu, robią sobie dobrze. O rzeczach krępujących wolę mówić zabawnym, acz sugestywnym ruchomym pismem obrazkowym.)

<no, nie wiem, zawiedziesz się moim wyglądem – wpadniesz w panikę! – będę musiała wrócić, skąd przyjechałam, a ten obrazek to chyba duże co nieco? można by było do tego odrobinę romantyzmu?>

<jeśli chodzi o odrobinę romantyzmu...
<<Plik: kacper.gif>>>

(Pan dobry duch Kacper robi pani Kacprowej coś nieprzyzwoitego pomiędzy astralnymi kończynami.)

<jesteś duchem? wszyscy mówią, że wyglądam nawet, nawet, więc może byś nie uciekł, a co do ciebie, to słyszałam, że nic ci nie brakuje>

<no>

(Jakże mógłbym uciec, najsłodsza? Jesteś aniołem o oliwkowej skórze, jesteś zdeprawowaną mulatką ze sterczącym w górę biustem o grubych, wyrazistych, drwiących sobie ze świata sutkach, jesteś napaloną jak diabli wczasowiczką w hotelu położonym zaledwie trzysta metrów od morza i schodzisz po schodach w futrze okrywającym nagie ciało po marchew, którą zaraz wrazisz sobie tam, gdzie swędzi cię najbardziej, po samą zieloną nać. Jesteś Lilith, która nocą męczy w snach sprośną dosłownością skojarzeń w klimatyzowanym wnętrzu pustego banku, jakże mogłabyś mnie rozczarować?)

<widzę, że wyczerpują ci się tematy do rozmów ze mną, to o czym byśmy rozmawiali, gdybym przyjechała do ciebie? o pogodzie?>

<nie musielibyśmy rozmawiać>

<jesteśmy z jednej krwi, słonko>

<nie wątpiłem w to nigdy>

<to chciałam usłyszeć>

W sercu i jelitach wiosna. Szerokimi ulicami niosą szczęście zakochani, popatrz! Ooooo... po- patrz! Widzę! Floral fantasy late night. Ona schodzi po schodach w futrze okrywającym nagie ciało po świeżą, dwudziestocentymetrową marchew, ale na dole, w holu spotyka czarodzieja-hydraulika, napa- lonego urzędnika... który... z którym... – powoli wspinasz się do ocienionego czerwonymi firanami pokoju, gdzie lekko zmierzwiona karmazynowa poś- ciel otulała wcześniej twoje samotne tej nocy ciało, i teraz chciwie ściskasz moją dłoń pomiędzy gorący- mi pośladkami, a ja... – Mamooo! Coo?! Czego chcesz?!! Telefon? Kto? Już idę, idę... Halo? Tak, co? Kto mówi? Że jak? Na kiedy? Ile? No mam pożyczyć...

No, kurważ jego maciora, nie dadzą mi żyć! A moje życie nabrało wszak teraz nowego blasku i charakteru, golę się i myję szczególne starannie, wkładam świeże białe skarpetki i nie dopuszczam do zabrudzenia majtek w okolicach pachwinowych.

piątek

    <zaskoczyć cię czymś?>
    <tak!>
    <sprawdzałam pociąg!>
    <dasz radę? żadnych problemów z zięciem,
szwagrem i innymi?>

(Spoconym, napakowanym jak małpa mężem z kopalni, który życzy sobie na drugie śniadanie mój mózg na ciepło.)

<o 20.30, przed przyjściem męża, muszę być na miejscu, ale mówiłam ci, że lubię szybkie numerki>

<w porządku>

(Cóż to może znaczyć? Chyba tylko jedno!)

<no i co? Nadal chcesz, żebym przyjechała?>

<no pewnie>

<jeśli nie przyjdziesz, znajdę cię i...>

<zabijesz mnie?>

<zgwałcę, zabiję i zjem, w tej kolejności>

<zapraszam, też mam ochotę coś przekąsić>

<chciałbyś mnie zjeść?>

<raczej skonsumować>

<czyli zgadzasz się, że jeżeli nie przyjdziesz, to z nami koniec?>

<całkowicie>

(Dają – bierz. Takiej szansy się nie marnuje! Mam przed sobą mistyczną wizję kosmicznego koguta zapładniającego kosmiczną kurę, która niczym jajka rodzi nieodgadnione wszechświaty.)

<dobrze, że się ze mną zgadzasz, nie boisz się naszego spotkania?>

<boję się>
(To się może skończyć dokuczliwym nietrzy-
maniem moczu!)

Pani główka jednak nie jest aż tak strachliwa.
Pani główka dzwoni do pani głowy i przekazuje wią-
żącą wiadomość, czy raczej dyrektywę: po burzliwej
dyskusji hormonalnej jest bezsprzecznie za.
Tak jest! Nie wypada się nie zgodzić. Tym
bardziej, że ciało tej księżniczki spowite jest pyszną
równomierną opalenizną i tak żądne fizjologicznej
rozkoszy, że aż nie umie się opanować, i w tym
zapomnieniu oszałamia dosadnym, dzikim, zwierzę-
cym urokiem. Zresztą już pożyczyłem klucze do
mieszkania, już jestem w ogródku, już witam się
z gąską (w czarnych, nylonowych sex-pończoszkach),
już przygotowałem materac godowy i dwa przed-
ślubne śpiwory, jeden pod, drugi nad, w którym te
i inne rzeczy będą się kotłować. Pani główko, mam
zaszczyt zameldować, że głowice są gotowe do
odpalenia.

niedziela

Snuję się wokół dworca jakiś taki nieswój jak
pies, rozedrgany, pełen nerwów i sprzeczności, cały
w strachu, ale gula mi skacze jak szalona i pani głów-

ka oczekuje krwawej ofiary i przebłagania za te stracone lata pobożnej młodości. Snuję się taki rozdygotany, ale bardzo, bardzo staram się być sport-cool, żeby ją przywitać profesjonalnie, filmowo, na luzie, ale z tym podprogowym sygnałem o seksie i urzekającym grymasem na twarzy. I jeszcze rodzi się niebagatelne pytanie. Jak ją szybko przetransportować, tę napaloną księżniczkę, do mieszkanka na ten obszerny materac? Tramwajem? Za długo. Taksówką? Za drogo. Więc transport łączony... ale, ale, oto i...?!

Panie Boże, jesteś dla mnie za dobry, za dobry! Nie zasługuję na coś takiego! Zbliżam się, kołysząc ramionami jak rewolwerowiec rodem ze spaghetti westernu. Wspaniała! Dokładnie taka, jak ją widziałem, a nawet więcej! Podobna jak dwie krople wody. Istne cudo! Bimbały – wybaczcie dosadność stwierdzenia, lecz jak inaczej nazwać te balony? – wydatne, luźno umieszczone w przyciasnym kostiumiku, pupa wykrojona jak serduszko i tak na oko jędrna jak ciasto, pyszczek milutki i uroczo sprośny, długie ciemne włosy i wszystko, wszystko! jak to wszystko podkreślone smacznie sexy ubrankiem, i jeszcze na dodatek, jak wynikało z korespondencji e-mailowej (dokładnie to pamiętam!), lubi te rzeczy. Oj, łatwo z niej nie wyjdę, łatwo się z niej nie wysunę! Wycisnę tubkę do ostatniej kropli, a ona będzie, jęcząc, mówiła: ich komme, schnella, arbeit bitte, noch, noch!

Ściskam w spoconych dłoniach klucze do pustego mieszkania. „Cześć", już mam mówić, tylko zaraz, zaraz... gdzie ona idzie? Przecież umówiliśmy się na rogu! Ejże! Halo!

Poszła. Nie ona? Jak to?! Panie Boże i wszyscy wy tam od przeznaczenia, w co wy gracie?! Poszła. Kurde, była taka podobna. Jak dwie krople wody. Do tej dziwki z Polsatu, co mam ją nagraną, jak tańczy goła przy rurce.

No to siedzę dalej, taki jakiś nieswój, na murku przed Dworcem Głównym i myślę sobie: może lepiej się schować – podpowiada rozsądek. Przyjdzie jakiś pasztet, jakaś galareta na occie, to wtedy co? Będzie można się chyłkiem wycofać. Ale nie. Pani główka dementuje plotki i przedstawia nowe wiążące dyrektywy: prosimy pozostać na pozycji wyjściowej. To rozkaz!

W zupełnym paraliżu – zostaję.

Jest godzina, niech no spojrzę, blisko dziesięć po, wreszcie coś przychodzi i rozgląda się niepewnie.

Nie, nie. To nie to. Co to, to nie. To jest duże, delikatnie mówiąc, dość puszyste, a raczej krępe i nieco toporne, i za wielkie – umalowane niezdarnie i w skórzanej kurtce świńskopolskiej, brązowej z bocznymi kieszeniami na zamek błyskawiczny i jedną wewnętrzną na dokumenty, i małym kołnierzykiem, który wygląda jak stójka nietrzymająca pionu, a takich kurtek przecież nie lubimy w miejskim trendy ekosystemie!

Oj, niedobrze – czyżby maxi pult? Ale nic nie mówię. Jest jeszcze szansa! Że to nie to. Ile się tu takich fatalnych tirówek w naćpie kręci po dworcu. Zresztą to na pewno nie ona. Ona? Idę chyłkiem, jak gdyby nigdy nic, do telefonu. Podnoszę tyłek z murku, jak każdy inny, zwyczajny, przypadkowy turysta. Chyba nie można mnie podejrzewać o to, że na kogoś czekałem? O, na pewno nie. Jestem po prostu facetem siedzącym przez chwilę na murku, następnie z niego się podnoszącym i idącym w kierunku dworca. Jestem facetem przypuszczalnie czekającym na pociąg. Albo w najgorszym razie na chuj wi co.

Wyjście ewakuacyjne o dwa kroki, po prawej. Już nie rozsądek, już całe ciało rozpaczliwie woła: spierdalaj! Pani główka stanowi jednak inną niewzruszoną dyspozycję: no przynajmniej zadzwoń – upewnij się, przecież nie chciałbyś stracić takiej okazji, nie chcesz potem żałować, bić się w głowę i popaść w biało-czerwoną depresję. Pewnie, że nie chcem. Zatem dzwonię. Halo? Jednak tak. To to. Wyjdź z tej budki, z tego budynku Dworca Głównego i przyjdź tu szybko – mówi moja ciężka królowa. Co robić? miota mi się po saganie, co robić?

Usiąść i płakać. Wracam jak zombi, sparaliżowany tak jak we śnie, że człowiek chciałby uciec, ale za cholerę nogi mu się nie poruszają, wracam, prze-pełniony jakimś niedzielnym poczuciem przyzwoito-ści, że jak się A powiedziało, to i Z. Wracam i jestem, kurde fix, bardzo rozczarowany i co gorsze, daję po sobie poznać – mówi to wyraźnie mój niegdyś pro-fesjonalnie uśmiechnięty, teraz cierpiętniczy wyraz twarzy – to w zasadzie nie twarz, to z niej chorobo-wy wymaz, wymaz wyrazu! Pult! Skucha! Nie to, nie teraz, nie o to w tym wszystkim chodziło! Miały być cycki, dupy, grill, taniec, śpiew i muzyka, miało być wypasanie konika, wypasanie, lecz nie na takiej łące!

A ona już wyczuła wszystko tym swoim ko-biecym węchem, że ja niezbyt chętnie na nią i tak da-lej, już pewnie też jej przestałem pasować do wyśnio-nego Banderasa, z ciemnymi lokami opadającymi na opalony kark, który „kocham" tak łatwo wstukiwał w klawiaturę, jakby się z tym urodził, i już nie chce iść do pustego mieszkanka – bo, koniec końców, mó-wię, raz kozie śmierć, chodźmy, zróbmy, co mamy zrobić, trudno się mówi! – gdzie czeka szeroki na dwie osoby materac z gąbki oralnej, gdzie te śpiwory defloracyjne. Chodźmy do mieszkanka, przynajmniej spuszczę się za darmo, ale ona, nie dając nic po sobie poznać, popłakuje, wsiada wisielczo obrażona do pierwszego lepszego pociągu nach Osten i odjeżdża, wołając jeszcze z okna, żebym przyszykował się na spotkanie z jej wspaniałym, nieskazitelnym, szczerym mężem, który pracuje na kopalni, a nocą smaży gotowiznę, ma dwa metry i nie z takim jak ja tańczył tango milonga w trójkącie.

A ja? A ja sobie śnię, sen mam taki, że jest urocza impreza z chrupkami i alkoholem, wszyscy dobrze się bawią na tym szkoleniu, bo wszyscy stanowią zgraną paczkę, dziewczyny wyciągają z torebki butelkę łódki z sokiem grejpfrutowym. Romek opowiada dosadne dowcipy związane z religią katolicką, a Maciek, ten właśnie Maciek leży nieprzytomny pod łóżkiem i nagle chlup... do pierwszego wolnego buta, bo już nie może dolecieć do łazienki. Wszyscy się śmieją i obiecują sobie, że będą się potem spotykać, a nawet jeśli ktoś awansuje, to i tak nie będzie się wywyższał, ponieważ nie jest takim bucem, taka jest prawda, bo wszyscy naprawdę się lubią, lubią się tak bardzo, że już za chwileczkę, już za momencik będą pokazywać swoje genitalia.

– Wstawaj do pracy – mówi mama.

– Jezu, mamo... – przewracam się na drugi bok.

– Jak będziesz tak długo spał, to się niczego nie dorobisz! Spójrz na Jacka, samochód, płaszcz, podatki, dodatki, mieszkanie, praca w zachodniej firmie rokującej nadzieje na przyszłość, żona, której nie bije lub robi to w taki sposób, żeby nie było śladów, a przecież o to chodzi, żeby nie było widać, bo po co ludzie mają gadać, no po co?

Po nic. Upadek Euronu, katastrofa Challengera, tragedia „Titanica" wcale nie dociera do generacji chcesz-cukierka-idź-do-gierka. Wcale a wcale.

– Mamo, przecież wstaję.

– Ja widzę, jak wstajesz, leżysz, co myślisz, że cię będę budzić co dwie minuty, wstawaj! Bo spóźnisz się do pracy.

– Co dzisiaj mamy?

poniedziałek

Jak to? Tak to. Mama budzi mnie do pracy. Mama rozsuwa zasłony i słońce daje po gałach. Muszę wstać, ponieważ spóźnię się do pracy. Do pracy zabiorę smaczne i zdrowe kanapki domowe. Pozwoli mi to zaoszczędzić na obiedzie w pobliskim barze mlecznym czy też położonym równie blisko barze sałatkowym. Zaoszczędzone pieniążki odłożę sobie na lokatę terminową. Dzięki temu zarobię, po odliczeniu złodziejskiego podatku, jakieś sześć złotych na dwa tygodnie, czyli dwanaście przez miesiąc, a to są cztery piwa w sklepie albo dwa piwa w knajpie. Czyli: opłaca się.

poniedziałek

Tylko nie mówcie, że to poniedziałek. Czyżby to poniedziałek? To nie może być prawda. Mama budzi mnie do pracy. Jak to? Tak to. Wstawaj, bo nie wstaniesz. Wstaje, wstaje, tylko se troche poleże. Łodpoczne se troche. Łoddychne. Przeciem nie pies.

poniedziałek

– Mirek? – Basia patrzy na mnie pytająco.
– Podejdź tutaj, musimy porozmawiać w cztery oczy.

Czy raczej w cztery litery? Podchodzę uśmiechnięty i profesjonalnie sztywny do biurka Basi, a ona wstaje z fotela i gestem dominanta zaprasza do pokoju rozmów, znaczy się sprawa poważna. Basia siada i ja siadam. Jesteśmy relaksująco uśmiech-nięci.

Patrzę na Basię z pełną powagą malującą się na sfilcowanej wciąż, poniedziałkowej, wypranej z jakichkolwiek emocji twarzy, oczekując litanii do najświętszego serca pana dyrektora personalnego generalnego, i mimochodem dostrzegam na ramie-niu niewyraźny, biały osad. A cóż to, na Pana Boga srogiego? Łupież. Łupież? Niemożliwe. A tak, tak, całkowicie to jest możliwe, przytakuję nawijającej Basi, oczywiście, aby odnieść sukces, muszę dowie-dzieć się, czego chce klient, jakie ma potrzeby, a następnie zrobić wszystko, aby je jak najpełniej zaspokoić. Czyżby to naprawdę łupież? Jak mogłem do tego dopuścić! Tak, zgadzam się z Basią w każdym centralnym punkcie, nie ma klientów, którzy nie potrzebują twojego produktu.

Łupież! O Jezu i wszyscy święci, czemu mnie tak doświadczacie? To obrzydliwe! To niefortunne i nieprofesjonalne!

Wiem, wiem, będąc w pełni sił profesjonalnych, szybko zdiagnozuję potrzeby klienta i skuteczniej je zaspokoję, oferując mój produkt, wiem, wiem, kiedy dobrze przygotuję się do rozmowy: zdobędę podstawowe informacje o moim kliencie i zaplanuję przebieg rozmowy, rozpoznam potrzeby klienta!

Ale to równanie nie ma happy endu: ja, klient, docieranie do potrzeb, profesjonalna oferta, łupież – to się nie sumuje, to nie ma rozwiązania: jeszcze jedno konto osobiste, łupież, gęsty, nieprzyjemny, wielki jak łazanki, bijący po oczach jak halogen, rażący przestrzeń i dobro publiczne, aludzki łupież. Co za feralnie rozpoczęty tydzień! Zgadzam się z tym całkowicie, Basiu, w tym wspaniale rozpoczętym tygodniu, zgadzam się! Kącikiem ust zaś usiłuję wyrzucić z siebie niedostrzegalny strumień sprężonego powietrza, kierując go na pokryte płatkami złuszczonego polimeru celulozowego ramię, operacja się nie udaje.

– Po trzecie – ciągnie Basia, skanując ukradkiem skrypt sprzedażny – dokonaj wiwisekcji klienta, uświadom mu potrzeby, a następnie nakierowuj go na poszukiwanie sposobów rozwiązywania istniejących problemów.

Oczywiście, że łupież nie wzbudza ufności!

– Kolejną sprawą jest... – Basia zawiesza głos, by po przeczytaniu stosownego fragmentu dokończyć – przedstawienie korzyści sprzedawanego produktu – a więc znalezienie rozwiązania!

Rozwiązanie? Właśnie; jak strząsnąć łupież tak, żeby nie wyglądało to na strząśnięcie łupieżu? Bo przecież nie mogę go strząsnąć, jakbym go strząsał. To nie wiejskie wesele, to nie remiza w pipidowie czy innym parchowie, nie mogę strząsnąć łupieżu po prostu, jakbym strząsał łupież, ponieważ będzie to ewidentnym sygnałem, że strząsam łupież.

– To trudne zadanie – mówi Basia, udając zrozumienie – ponieważ klienci nie są skłonni do rozmów handlowych. Przychodzą tylko i patrzą, a nasze uprzejme zapytania traktują jak atak na ich prywatność. Ja dobrze o tym wiem. I trudno się dziwić, skoro nie odczuwają żadnej potrzeby, nie widzą żadnych problemów, być może jeszcze nigdy nie zastanawiali się w ten sposób, pod takim kątem, nad swoją osobą, nigdy nie rozważali, czy i co chcą zmienić, pozostawiali sprawy samym sobie, konto tu czy konto tam, co za różnica, prawda, Mirku?

– Tak, Basiu – przytakuję, ale zaraz się poprawiam – to znaczy nie, konto tu, konto nie tam.

– Dobrze – mówi Basia – konto tu, nie inaczej, tylko w naszym banku, coś tam rozumiesz, coś tam widać myślisz.

Myślę, że można by po prostu zażartować – o! łupież – i podążając za wąską ścieżyną żartu, zapozorować szereg energicznych strząśnięć. Czy aby nie będzie to zbyt gruby dowcip? Czy takie zabawne kłamstewko nie ma zbyt krótkich nóżek? Czy chwila ta jest odpowiednia? Czy może wyjść pod pozorem siku? Koniecznie siku? Koniecznie teraz, bo nie wytrzymam, jednak nie mogę tego zrobić, nie odważę się.

– W wielu przypadkach jesteś zmuszony zacząć od odkrycia takich sfer, w których życie klienta nie jest doskonałe, z których klient nie jest zadowolony. Bądź pewien, że tego typu pytania powinny pomóc ci w zainteresowaniu klienta rozmową. Przecież Polacy to taki naród, który lubi ponarzekać – Basia uśmiecha się dobrodusznie – a nam jest to na rękę, ponieważ każda informacja o problemach klienta jest dla nas bezcenną wskazówką na temat jego potrzeb, tych, które dopiero musisz mu uświadomić.

Uświadamiam sobie, że to zrobiłem, choć sam nie wiem, jak zdobyłem się na taką bezczelność: szybkie strząśnięcie ręką i... udało się! Czyżby? Tak!

Basia budzi się z letargu i zaczyna patrzeć krytycznie na moje zachowanie.

– Słuchasz mnie? – pyta. I cały miły nastrój pryska. – Czym się teraz zajmujesz, możesz mi powiedzieć? Jesteś jakiś taki rozkojarzony, nic do ciebie nie dociera.

– Dociera, dociera – usiłuję zaprotestować, ale Basia wie lepiej, że nie dociera.

– Mirku – marszczy maskę – to jak to z tobą będzie? Na początku byłeś takim dobrym pracownikiem, a teraz? Sama nie wiem, co mam o tym myśleć, widzisz, musisz jeszcze nad sobą dużo popracować. Jeżeli nie zobaczę żadnych pozytywnych zmian, to nie wiem, co zrobię, bo gdybym ja chociaż widziała chęć takich zmian, to już sytuacja wyglądałaby inaczej, ale na daną chwilę ja czegoś takiego nie widzę, to jak to z nami będzie, chcesz jeszcze tu pracować?

Tylko o tym marzę. I jeszcze to dojmujące swędzenie po całym palniku. Nie mogę się powstrzymać. Myślę tylko o tym, żeby się wyczochrać na maksa, wypluć, zepsuć, zrzucić skórę. Zrestartować jebany system.

– Słuchaj no, możesz tu na chwilę podejść? Możesz się zbliżyć? – pyta nieoczekiwanie Basia.

O Jezu, wydało się, myślę, wydało się... No przecież ja przekręcę tego frajera, producenta szamponów, który obiecywał życie wieczne bez łupieżu!

– Co ty jadłeś – pyta Basia, krzywiąc nos. – Czosnek?

– Co? – pytam zdziwiony.

– Głuchy jesteś czy udajesz głuchego? – zagaduje Basia. – Pytam, czy jadłeś czosnek?

– Czosnek? Czosnek? No jadłem. Wczoraj – przyznaję, bo taka jest prawda.

– Czosnek jadłeś – Basia patrzy na mnie bez domieszki rozbawienia.

– Musiałem – mówię.

– Musiałeś? – pyta Basia. – Co to znaczy: musiałem?

– Zarazki – mówię.

– Co? – dławi się Basia. – Co? Czy ty zdajesz sobie sprawę z powagi sytuacji? Wiesz, w jakim miejscu się znajdujesz, jakie masz zadania do wykonania i z kim przyszło ci pracować?

Tak. Decyzję o operacji plastycznej lub o odmłodzeniu twarzy za pomocą mikrodermabrazji, czyli ścierania laserem starczych plam z twarzy i rąk, aż siedemdziesiąt pięć procent panów określa jako związaną z karierą zawodową. Badania przeprowadzone przez amerykańskich, a jakże, naukowców potwierdzają, że z czterdziestolatkiem wyglądającym o dziesięć lat młodziej pracodawca szybciej podpisze umowę o pracę niż z jego rówieśnikiem wyglądającym na prawdziwy wiek. Po za tym człowiek

wyglądający młodziej i zdrowiej szybciej awansuje i jest lepiej traktowany przez pracodawców
i zwierzchników. Brzydki, niski, rudy, bez wdzięku
ma małe szanse na pracę. Jeżeli chodzi o czosnek, to
owszem, zabija zarazki, acz człowiek, któremu czuć
z ryja czosnkiem, nie ma szans na cokolwiek.

– Co ty sobie wyobrażasz? Ty wiesz, ilu jest
tutaj na twoje miejsce? Kolejki się ustawiają! Co się
uśmiechasz? Nie wierzysz mi? Możesz się o tym
przekonać na własnej skórze, niedługo przyjeżdża
dyrektor, możesz sobie z nim porozmawiać. A wiesz,
co to znaczy: mieć nasrane w papierach? Czosnek?
No coś podobnego, tego jeszcze nie było, praca
z klientem i czosnek! – delektuje się na głos Basia
pod koniec dnia roboczego.

wtorek

Wtorek. Czyli nie tak źle. Już jutro środa – połowa tygodnia. Dwa dni do końca tygodnia, nie licząc
środy. Nie licząc trzech panów w wódce i psa. Po śro-
dzie zaraz czwartek jak z procy wystrzelił, a w czwartek to już prawie jak w piątek. Piątku się prawie nie
odczuwa. Piątek to jest prawie jak sobota. W piątek wszystko może się zdarzyć. W piątek Basi może
nie być w pracy. W piątek Basia może zdecyduje
się opuścić oddział nieco wcześniej niż zazwyczaj

i wówczas będziemy mogli wyjść wcześniej. O tak, w piątek.

Czyli co? Wtorek.

Zapnij rozporek.

Uff... Ten jebany krawat pije mnie niemiłosiernie w szyję. Chyba koszula jest za ciasna. Ciasna, nie ciasna, w każdym razie przynajmniej wygląda dobrze. Szara w szare prążki. Moja rodzina i okoliczni sąsiedzi wysoko cenią sobie ten typ urody. Lubią obcować w windzie z tym typem charakterologicznym. To ich motywuje. To daje im szansę uwierzyć, że ten najlepszy ze światów jest najlepszym ze światów. Że osiedle stanowi kolebkę cywilizacji, kultury i sztuki. Kiedy posuwam się razem z nimi wertykalnie w windzie, spostrzegam ich uprzejmy wyraz twarzy. Czują powagę klimatu. Czują majestat. W uszach wesoło dźwięczy im ostrzegające przed konsekwencjami niesubordynacji uderzenie stempla. W razie czego zawsze mogę opowiedzieć im o nowych produktach bankowych na wesoło. O tym, które oprocentowanie jest lepsze i w czym tkwi sedno lokaty rentierskiej. O korzyściach.

W tym rozdaniu tworzymy wspaniały układ. Już nie walety. Już nie dupki żołędne. To już nie te czasy. Teraz szara eminencja. Gotowość do zrozumienia logarytmu współczesnej Europy. Tanie mleko, tanie sery, gdzie dopłaty, do cholery! No. Więcej dopłat czy osiemnaście kilogramów lizaków z niespodzianką? Bez koncentrycznych dygresji, proszę.

Wtorek? Zapnij rozporek, a jeżeli kropelka strząsnęła ci się niebacznie na deskę sedesową, wytrzyj ją starannie i wyrzuć zanieczyszczony kawałek papieru do stojącego w pobliżu minikosza na śmieci. Jeżeli przytrzymasz dłonią ruchomą miniklapę minikosza, dostrzeżesz leżącą na dnie podpaskę. Wzdrygasz się i choć widok zakrzepłej krwi pobudza niezdrowo twoją ciekawość, myjesz ręce i wychodzisz pośpiesznie z łazienki. Czynisz to tym skwapliwiej, że prawdopodobnie skończył się twój czas określany jako czas potrzebny na załatwienie potrzeb fizjologicznych, a każde dłuższe zatrzymanie się w pomieszczeniach socjalnych wywoła zniecierpliwienie Basi.

Basia nie czyni problemów z załatwianiem potrzeb fizjologicznych, ale bez przesady. Pracownik podczas godzin powinien zajmować przypisane mu stanowisko. Powinien się na nim prezentować. Basia nie będzie tolerować dziadostwa w swoim oddziale.

– Prezencja i prezentacja – mówi Basia, a kiedy przechadza się wokół reklamy stojącej, czyli tak zwanego standu, wygląda jak imperator. – Mirek, czy ty się dzisiaj goliłeś?

– Oczywiście – odpowiadam zgodnie z prawdą. Nie wyobrażam sobie innej możliwości. Jak to?

Zająć stanowisko pracy, wejść do świątyni banku bez wcześniejszego i szczegółowego pozbawienia się zarostu?

– Na pewno? – Basia spogląda spod oka. – Bo mi się wydajesz jakiś taki niebieski, jakbyś dzisiaj nie używał maszynki.

– Sprawdź – podsuwam Basi swoją twarz – zobacz.

– Nie muszę – mówi Basia. – Nawet sobie nie wyobrażam, że mogłoby być inaczej, wiesz, co by się wówczas stało?

– Nie – odpowiadam, chociaż wiem, wiem też, że tego typu odpowiedź jest częścią rytuału.

– Nie wpuściłabym cię na stanowisko pracy, nie wpuściłabym cię nawet za próg oddziału, miałbyś z głowy pracę, a takie samowolne opuszczenie miejsca pracy, bo w tym przypadku tylko o samowolce może być mowa, równa się naganie, wiesz, co oznacza nagana?

– Nie – po raz drugi odpowiadam niezgodnie z prawdą.

– Nie chce mi się już o tym mówić – mówi Basia i zasiada za biurkiem. – Do końca tygodnia przygotuj mi raporty kasowe z ostatnich trzech miesięcy.

O kurwa, myślę sobie, raporty kasowe z ostatnich trzech miesięcy, wpadła śliwka w kompot, ale przecież się ogoliłem, jestem gładki jak świnia, cóż ona chce, ta niewyżyta pizda?

Czuję się jak gęś, której włożono do gardła rurę z paszą. Czuję, jak nienaturalnie puchnie mi wątroba, osiągając wymiar astralny. Z drugiej strony taka rura, kiedy ją wyciągnąć z gardła, może przydać się do barierki. Jakiej barierki? Na działkę, do barierki do altanki. Na balkoniku. Nie pozostaje nic innego, jak wyciągnąć ją z gardła. Ale suka się tam zaklinowała. Zakleszczyła. Jak kopulujące kundle. Na nic szarpanina.

środa

W środę przychodzi Opel i charczy mi, że chce kredyt.

Łoj, Opel, Opel! Proszę ja was, Opel wbił się w program diabolo i nikt mu go jeszcze nie wycisnął. Za małego to Opel był Opel jak się patrzy, silny, czerstwy, Opel był Opel! Opel różne rzeczy robił, przedsiębiorczy był za cały blok, kredyt wziął, nie spłacił, pożyczki zaciągnął, nie oddał, palce mu odcięli, a on sklep nocny na przekór założył, taki był Opel. Opel różne rzeczy brał, różne wciągał, różne jadł, różne wałki kręcił. Opel charczy nakirany o tym kredyciku. Bidactwo.

– Żona kurwa w domu, dzieciaki kurwa, a ja kurwa miałem być kurwa o siódmej kurwa, która kurwa teraz? Jestem kurwa od wczoraj na kurwa nogach, kurwa czwarta, mówisz? O kurwa, no kurwa kupiłem jej kurwa badyle. Co myślisz kurwa, że kurwa jest jakaś szansa? Chuj z żoną, ale z kredytem? Jest kurwa szansa na kredyt? Ty, chodź kurwa na jedno, chodź kurwa, nie możesz kurwa? Ty kurwa powiedz mi, co z tym kurwa kredytem.

– Kredyt kurwa kurwa by był – odpowiadam – ale kurwa ta cipa, ta pizda, ona ci kurwa kredytu nie da, szmata jedna, ja ci to kurwa mówię.

– Ty kurwa popatrz – mówi on – popatrz, kupiłem kurwa żonie kurwa badyle kurwa, ładne? Nie wydupcy mnie kurwa z domu? A chuj, dam jej buraka, sprzedam jej pyte kurwa, posadze ją na kurwa desce... Pieeerdolony kredyt – wzdycha niczym na spowiedzi.

– No kurwa – mówię ciężko – no kurwa.

– A chuj kurwa – Opel wkłada sobie bukiet w kieszeń i idzie się wyszczać za rogiem – chuuuj – charczy jak knur w czasie uboju.

A pamiętasz, jak żeśmy głupki walili na żelbetonie za pasem startowym, za kościołem, za pawilonem, przy hałdzie? Albo jak żeśmy na styropianie pływali w kanałach, styropianie zajumanym z nieefektywnej budowy? Albo jak żeśmy tynk wdupcali ze ścian, bo nam wapna za młodu brakowało w kościach? Albo wtedy jak żeśmy siedzieli na klatce jak te karły smutne, a kontakt był otwarty, no i mówisz:

dawaj zawody, kto dłużej przytrzyma ręką otwarty kontakt, i potem jak cię, Opel, nie pierdolnęło, pamiętasz? Że aż pół godziny na schodach siedziałeś i się trząsłeś jak mokry pies? O Jezu, Opel, co to były za historie z tego pogańskiego dzieciństwa.

Wszystko mi się naraz otwiera jak kanał. Wpływam. Nad łóżkiem cały ikonostas czasu minionego. Szpulowce, słone masło z kościoła, relaksy, gumiaki, gołe baby, niespełniony amerykański sen w pustym opakowaniu po marlborasach, jakie się to z kosza przy hotelu, ech... dajmy pokój wspomnieniom. Idź, Opel, wykorzystaj dziś swoją kreskę w barze, przedłuż ją nienaturalnie, zrób do niej kreski prostopadłe, kreski równoległe, podziel na odcinki, nie ma lekko. Basia kredytu nie udzieli.

Basia pochylona nad wnioskiem kredytowym nie dostrzega poza nim świata. Jest w nim zagłębiona jak w lekturze programu telewizyjnego na nadchodzący przedświąteczny tydzień. Przebiera między papierami, wyciąga coś, przekłada, patrzy, zbliża do twarzy, oddala od twarzy, odkłada, notuje, oblicza, w końcu mówi niezdrowo podekscytowana:

– Gośka, zrób mi to.

Gocha bierze papiery do ręki i histerycznie wybucha: – No co on jest popierdolony? Ja bym mu w życiu kredytu nie dała, no zobacz tylko tutaj, Basiu...

Basia patrzy i kiwa głową.

– Zobacz, jedna pieczątka, i się kutas podpisał pod tym „prezes", pomazane to wszystko, nieczytelne, dajcie spokój. Wiesz, Basiu, co to za firma? Firma inko, co zarobi, to na winko...

– To napisz, że nie przyznajemy kredytu, i wyślij do Warszawy – mówi Basia stanowczo po raz pierwszy.

– Ale po co, Basiu, wysyłać? – mówi zdziwiona Gocha. – Przecież i tak nam zwrócą z odmową. Ja się w każdym razie pod tym nie podpiszę.

– Gośka, zrób, co powiedziałam – mówi Basia stanowczo po raz drugi. – Ja też się pod tym nie podpiszę, przecież od raz widać, że facet śmierdzi, ale do Warszawy wyślemy. Gośka, tutaj nie chodzi o to, czy on ten kredyt dostanie, czy nie, rozumiesz?

– Rozumiem – mówi Gocha.

– Mirek – rzuca Basia – przygotuj mi pocztę, tylko szybko, żebym nie musiała czekać.

– Dobrze, Basiu – mówię, a przed sobą mam panoramę studniówek, balów semestralnych, półmetków, szkolnych dyskotek w kwadratach i jeszcze Krzysiek, jak stoi na torach i mówi, że to jest najnowsza zabawa, że kto dłużej – to pan, a kto krócej wytrzyma – to chuj. I rzeczywiście on pan, a my chuje, ale wszyscy uciekają do domów, nikt nie zatrzymuje się, nikt nie ogląda się za siebie, a tam pociąg stoi w szczerym polu, a matka potem nie może rozpoznać szczątków, nikt nie wie, dlaczego tak się stało.

czwartek

To jakaś paranoja. Wszyscy oni koniecznie chcą otrzymać plastikowy różowy długopis-reklamówkę z logo Hamburger Banku. – Jaki śliczny długopis – uśmiechają się na widok tego długopisu jak małpy – czy mogę go zatrzymać, czy dostanę ten długopis w prezencie? A dostanę drugi? Wie pan, dla dziecka, ono zbiera.

No pewnie, że dostaniesz, ale z gołej dupy, chamie.

– Ależ oczywiście, proszę bardzo, wszystko to zostało stworzone dla państwa wygody i dobrego samopoczucia, które poprawi się jeszcze bardziej, gdy w sklepie przy zakupie towarów i dóbr będziecie państwo posługiwać się naszym długopisem i naszą kartą hamburgerową płatniczą, z jedynym niepowtarzalnym emblematem naszego Hamburger Banku, a część prowizji za wykonanie transakcji będzie przekazana na fundusz wspierający dzieci cierpiące na smutną dolegliwość – padaczkę potelewizyjną.

piątek, tuż przed zamknięciem

Zawsze tak się jakoś składa, że jak już masz zamykać lokal, wszystkie znaki na niebie i ziemi wskazują na to, że dziś, przynajmniej ten jeden raz, raz w tygodniu, wyjdziesz sobie wcześniej do domu i wreszcie będzie troszkę czasu, żeby się obrobić ze wszystkim, bo się tyle tego nazbierało (Gocha na ten przykład ma nadzieję wymoczyć sobie nogi i obciąć te rosnące wciąż paznokcie), to zawsze wówczas zjawi się jakaś namolna menda, która nie przychodziła przez długie miesiące, ale nagle sobie przypomniała i znalazła odrobinkę czasu, właśnie za pięć szósta, żeby wejść i mendzić jeszcze pół godziny.

Klient według kodeksu mocodawcy jest właściwym chlebodawcą i to od niego zależy, czy będziesz nadal pracował, czy też nie, bo są na twoje miejsce inni, być może lepsi, cóż, klient ma prawo do dysponowania naszym czasem, zwłaszcza czasem po godzinach, klient, na miłość boską, ma do tego prawo! I tylko powiedz, że nie.

Kiedy menda już się zmęczy mendzeniem, to zapyta z uśmiechem: płacą wam za nadgodziny? A my z uśmiechem odpowiemy: nie. I rozstaniemy się w błogim nastroju, my, siedząc tu dodatkową godzinę, a on, siedząc gdzieś i wpieprzając ciepłą zupę Miso na tłuszczu z turystycznej. Nawet jak masz lokal zamknięty, to przychodzi chuj jeden z drugim i szarpie za drzwi, szarpie i szarpie, jakby nie mógł się domyślić, że jeżeli drzwi przy pierwszym szarpnięciu nie ustąpiły, to nie są otwarte, że widoczne wewnątrz osoby nie siedzą tam i nie pierdzą w stołek, ale odpieprzają zaległą robotę podczas nadgodzin bądź przedgodzin, podgodzin czy przygodzin. Jakże trudno się tego domyślić, drzwi to tylko drzwi, jeżeli się nie otwierają, należy szarpać za nie dopóty, dopóki nie ustąpią. O Boże.

Musimy otworzyć je i przekazać uprzejmym tonem: przykro mi, ale lokal jest już zamknięty i dobrze by było, gdyby ludzie mieli uszy do słuchania, a pały do myślenia. Czas to pieniądz. Szybko się żre, sra, śpi, pieprzy, choruje, myśli, więc Jaśnie On tylko na chwilkę, ma taką maleńką sprawę do załatwienia, nie zajmie dużo czasu. Dobrze, dobrze, proszę bardzo, klient nasz pan. On tylko na chwilkę.

– Panie – mówi – dlaczego mi nie wypłaca z bankomatu, co?

– Dlatego, proszę pana, że posiada pan kartę, która nie pasuje do naszego czytnika w bankomacie, której nasz bankomat nie obsługuje.

– Ale dlaczego nie pasuje, jak w zeszłym tygodniu pasowała?

– Nie wiem, proszę pana, nie ja to wymyśliłem. – (O kurwa!) – Jeżeli mogę coś powiedzieć, to pozwolę sobie zauważyć, że tego typu czytniki są przeznaczone wyłącznie dla osób posiadających naszą kartę i to właśnie te osoby mogą dostać się do pomieszczenia bankomatowego poza godzinami pracy, jeśli zaś w zeszłym tygodniu pana karta pasowała, to jest to tylko pana szczęście.

– Ale dlaczego nie pasuje teraz? Dlaczego? Ale dlaczego?

I należałoby takiego w wąskie drzwi i miękką gumą przez plecy, toby się nauczył, co to znaczy zdrowy poranny kac, ale nie można, jaka szkoda... Kutas świetnie się bawi, bo myśli, że jest cwany, już on się na tym wszystkim bardzo dobrze zna, nie w ciemię jest bity! Nowoczesność w domu i zagrodzie. Ogląda zoom i nowinki na Polsacie, nie przygrasz z nim w chuja, wpierdolił sobie piwo albo ze dwa i to mu tylko dodało animuszu. Ale dlaczego i ale dlaczego, dlaczego i dlaczego, no niech pan mi powie, dlaczego teraz nie, a wtedy tak...

Zlituj się, fagasie, i idź do swojego M4. Niech ci żona, czy kto tam jest, stłucze pysk, wyprasuje spodnie, obciągnie fujarę, podłączy wtyczkę łodygi do tv, cokolwiek. Idzie wreszcie, ale tuż za nim cała reszta szarpie za drzwi. Oni też nie mają czasu, żeby przyjść od–do, oni mają czas właśnie przed i po. No i co im zrobisz? To oni codziennie rano wyciągają z portfela pieniążki na nasze białe pszenne bułki i naszą słodką herbatę, ech... Patrzę na te niezadowolone ryje i naprawdę mnie mdli. W saganie mi się gotuje na sam widok, jak Boga kocham, wezmę stołek i zapierdolę jednemu z drugim beze balon, beze plery, beze dupy, beze giczały, beze cebulę, do krwi, do limfy, do utraty tchu.

piątek

To miał być wyjątkowy przepis na podprogową jazdę w warunkach domowych, no, wicie-rozumicie, domówka – pełna lodówka, fajna miejscówka, minipalcówka. No nie ma jak w domu, wszystkie drogi prowadzą do domu, wszędzie dobrze, ale w domu najlepiej, tradycja pomieszana z nowoczesnością, środki racjonalne z irracjonalnymi, konwencja i ekstrawagancja, smakowity mix, dobra mocna herbata z czeluścią, trzy butelki syropu przeciwkaszlowego z alko, safrol tea, bronki, lolki, bolki, relanium, pridinol, musztarda sarepska, parówki drobiowe, ciastka bez kremu i dużo, dużo słonecznego Polsatu. Bezpieczne odżywki, które pomagają pokonać wiosenne osłabienie. Pepsi faza multi total odpał. Johnny Toxic extramutant wita-zaprasza.

Żywiłem się nadzieją, że przeżycie mistyczne indukowane chemicznie poprowadzi mój genotyp do następnego etapu, w którym ja człowiek pozbędę się uwarunkowań ciała i zostanę czystą świadomością utrzymywaną przy życiu pod kloszem za pomocą wyrafinowanych mikstur pełnych soli mineralnych, witamin, wapnia, substancji tonizujących, gliceryny i bisacodylu.

Niestety, nie udało się. Doszło do niekontrolowanego spięcia na kablach. Ból stał się integralną częścią tego szaleństwa. Czuję, że przemieszcza się, pulsując jak wydatny wrzód. Napina balon, że aż pękają żyłki na tyłku, zupełnie jakby to były żyłki na źrenicach. Wszystko staje się przekrwione.

sobota

Jesteś w hiper-mega-store-shopie. Udzielasz się jak tłusty ksiądz z nalaną twarzą podczas pogrzebu dygnitarza. Kłaniasz się. Namawiasz. Droczysz. Produkujesz. Podrygujesz. Grasz na czas. Wyglądasz na modela. Strzelasz oczami. Jesteś przystojny, wysoki i atrakcyjny. Jesteś w nowym gangu. Przed tobą cztery sterty ulotek promocyjnych. Ale nie wyobrażaj sobie, że będziesz tu stał jak ta pyta. Że wciśniesz babci do koszyka plik niepotrzebnych ofert, zapomnisz o całej sprawie i kimniesz się na stojąco z otwartymi oczami. Tak dobrze to nie ma.

Przecież Basia zapowiedziała:

— Bez przynajmniej czterech rachunków nie wracajcie.

I srał ją, za przeproszeniem, pies. W poniedziałek powie się Basi:

„Basiu, no nie dało się, rozdaliśmy prawie wszystko, wszystkie ulotki reklamowe, ale choćby się chciało, to się nie dało, to taki dzień był feralny, rozumiesz, każdy się spieszy, każdy patrzy, żeby nałapać co bardziej błyszczące, i sru, byle szybciej przed odbiornik, bo coś dają, megahit. Sama rozumiesz, jakaś niejasna wrogość w powietrzu, coś takiego."

Ale Basia nie jest taka głupia, na jaką wygląda, Basia nie jest w ciemię bita. Basia po pierwsze przyjdzie i sprawdzi, jak ta promocja wygląda. W jaki sposób przygotowaliśmy się do niej fizycznie, psychicznie i duchowo. Basia z wyjątkową surowością oceni nasz wygląd zewnętrzny i oceni nasze zachowanie z punktu widzenia potencjalnych klientów banku. Basia nie zrobi tego wprost, Basia stanie sobie z boku, w ukryciu, niewidoczna jak tajny agent, i skwapliwie oceni nasz potencjał promocyjny.

Basia dokładnie wie, jak w tym megastorze wyglądają promocje innych oddziałów Hamburger Banku. Wie, że ich menedżerowie nie są tak lojalni wobec hamburgerowej firmy macierzystej jak ona i nie przychodzą na promocję, by kontrolować swoich pracowników, dlatego wyniki oddziałów, którymi zarządzają, pozostawiają wiele do życzenia i dlatego kiedy nastąpi apokaliptyczna redukcja etatów, Basia będzie ostatnia w tej kolejce. Tak właśnie wypełnią się słowa proroka, piersi będą ostatnimi, a tyłek nie będzie kopany.

Nie żeby Basia przychodziła i podglądała zza winkla, bo przecież nie jest taka. Co ją zresztą obchodzą pracownicy innych oddziałów, niech nic nie robią, niech się obijają, niech nie dostają premii, niech mają to wszystko w de. Basia po prostu ma znajomych wśród pracowników ochrony i ci właśnie znajomi wśród pracowników ochrony udostępniają jej wideonagrania telewizji przemysłowej. Basia może z dokładnością co do sekundy powiedzieć, że dnia takiego to a takiego Arek i Magda z oddziału trzeciego, miast rozdawać ulotki i reklamować bank jak na uczciwych towarzyszy broni przystało, pierdzieli w stołki i rozmawiali o dupie marynie i margarynie. I co Basia w takiej sytuacji powinna zrobić? Przygotować odpowiedni raport i przesłać do centrali? Chyba tak, bo przecież dbałość o dobro i wizerunek firmy jest obowiązkiem każdego pracownika. Tak Basia powinna zrobić, ale nie zrobi tego. Taki ma gest. Taka już jest fajna. Tak bardzo lubi młodzież.

No i co? Nic. Po pierwsze i najważniejsze, osłabić zdolność klienta do oceny swoich możliwości. Słowem, patroszyć leszcze, jak się patrzy.

– Ty... ile ty masz lat? Słuchaj, chciałabyś mieć taką fajną kartę kredytową? Wiesz, jaki to czad, taka

karta? Możesz nią płacić, możesz wyjmować pieniądze z bankomatu, możesz pokazywać znajomym,
wiesz, że to jest czysta nowoczesność, że na Zacho-
dzie to już standard? Wszyscy prezenterzy z muzycznych telewizji i wszystkie znane modelki takie mają,
nie mówiąc nawet o Britney Spears, bo ona już taką
miała jeszcze przed urodzeniem, wierzysz w to? Tylko w Polsce takie zacofanie, ciemnota i zabobon, co,
bierzesz czy nie? Dziś w promocji karta gratis przy
założeniu rachunku oszczędnościowo-rozliczenio-
wego, co? Gdzie twoja mamusia? Przyprowadź ją,
niech się tu podpisze. O, dzień dobry pani, proszę
bardzo, karta bankomatowa dla dziecka. Całodobo-
wy dostęp do kieszonkowego, do pieniążków, że co?
Że nie daje pani na razie córce/synowi, niepotrzebne
skreślić, w ogóle pieniędzy? Ponieważ takowych pani nie posiada? Co za szkoda, co za kraj, proszę pani?
Ale wie pani, pani rozumie, konto może przydać się
w przyszłości, że co? Że na razie pani dziękuje?
A może jednak? Jednak nie? To może pani skorzysta
z naszej oferty? Też nie? Cóż, zapraszamy mimo to
do naszych placówek, gdzie będzie możliwość do-
kładnego przyjrzenia się naszej ofercie, tak, my również dziękujemy.

    – Głupia cipa – mówi Gocha – mogłaby już za-
łożyć ten rachunek dla świętego spokoju, jak już tu
stoi i marnuje nasz czas, i co? Stoimy cztery godziny

i gówno żeśmy założyli. Ty, Mirek, nie masz jakichś znajomych? Weź podzwoń, popytaj, założymy jakieś fikcyjne rachunki, a potem się je pod koniec miesiąca zamknie.

niedziela

Wstajesz rano i nie wiesz, co się dzieje. La bomba parano. Na coś patrzysz, ale nic nie widzisz. Włączasz jakieś niebieskie przyciski i powoli dociera do ciebie cała smoła. Post-auto-moto-foto-feto-jatka. Smog. Niepamięć puszcza kropla za kroplą. Kap. Kap. Plum. Wylewasz się przez otwory.

Leżąc rozwalony na wyświechtanej kanapie, jesteś bogiem i twarogiem w jednym. Pismo święte obrazkowe sączy ci się z każdego otworu ciała. To długo oczekiwane torsje genotypowe. Pozbywasz się niewygodnego balastu, by po chwili wrócił. Tak naprawdę nie wtaczasz żadnych kamieni pod górę. To nie ten mit. Tak naprawdę zbiegasz z góry, ale ktoś jak na złość przestawia cię na powrót na sam szczyt. Rozpaczliwie podejmujesz nieudaną próbę zejścia. Kolejny raz.

Dzień przyjemny. Biorytm nie fiksuje. Pogoda dobra. Na śmierć w stylu motylkowym.

sobota

Mutagenna promocja zgorzeli totalnej i osobistych czyraków. Polska tylko dla bolaków. Ulotki poniewierają się wszędzie jak konfetti. Ludzie nonszalancko wrzucają je do koszyków, nie patrząc nawet na nasze umizgi i starania. Mają to w pupie. Wybrali się na późnopopołudniowe zakupy i nie chcą tracić ani chwili na umizgi nachalnych proroków sektora bankowości detalicznej. Z braku laku stosujmy mniej czy bardziej wyrafinowane techniki zabijania czasu, gadka-szmatka-plotka. Uśmiecha się Gocha.
– Pamiętasz party? Pamiętasz? Masz to przed patrzałami? Dałeś po torbie, że ja cie nie pierdole...
– Eee... no, party było, że aż miło, party nie na żarty.

Gosi aż ślinka cieknie na samo wspomnienie, tak się załatwiła na cacy bez męża. Żarcia tyle, że można by w nim utopić całą głodującą Afrykę. Koreczki, patyczki, wykałaczki, chusteczki, lód do wódki w wiadrze. Połączenie New Age z rozwiązłością seksualną.

Ktoś opowiada dowcipy. Ktoś opowiada coś. Jest fajnie. Sympatycznie. Luz panuje. Czujesz luz? Luz-blues. Come-on baby light my fire.

Marcin ma na czole fajne gogle, chciałby wyruchać Izę, bo mu się podoba, a na co dzień nie ma takiej obywatelskiej śmiałości podejść, porozmawiać, na co dzień nie można, bo jak by to wyglądało, on menedżer, ona kasjerka, ale teraz po piątej bani nieprzezwyciężalne różnice charakterów się zacierają i Marcin obiecuje Izie, że źle nie będzie miała, a nawet zrobi ją swoim zastępcą. Chyba się opyli, nie? Ja bym się na miejscu Izy zgodził. W końcu raz się żyje. W końcu od tej penetracji się nie umiera.

Ale Iza coś nie chce. Coś jej się ten pomysł nie podoba. Iza nie jest tylko dekoracją z dużymi cyckami. Iza uważa, że Marcin jest obleśnym fiutem, upierdliwym prykiem i jeszcze złośliwym męczykoniem. No jak ona może mówić podobne rzeczy? Niechby i był ostatnim chujem, ale tu chodzi o ewolucję, tu chodzi o dominację w stadzie, tu chodzi o wysokiej konsystencji sos. Iza, no co ty, z pierwszej łapanki jesteś?

– Daj se pomacać – mówi Marcin rozgrzany do białości, że aż mu gogle na czole drgają, że aż sobie krawat popuścił i zwisa mu teraz z karku jak filet z mintaja. – Daj se złapać za cycka.

Oj, Iza ma czym oddychać. Ma wyprzedzenie, że aż miło. By się coś zrobiło. No i gicz jak się patrzy. Oj!

– Jeździliśmy busem na targ w Rabce sprzedawać kasety z muzyką disco polo – mówi Marcin, uporczywie szukając łatwego dostępu do cycków. – Wozili nas tak codziennie na ten targ, ze zgrzewką kaset w ręku każdy, gdzie dookoła kolesie z kasetami w szczękach. Iza, czujesz klimacik? Przejazd gratis, ma się rozumieć, plus do tego hot-dog, dasz wiarę, a teraz gdzie wylądowałem, no gdzie? Będziesz dobrze ze mną żyła, to źle ci nie będzie, daj se pomacać.

„Mój szef to kawał kutasa i buraka, co mam robić?" – Iza rzuca rozpaczliwe spojrzenia po sali.

– Iza, opowiedz historię z lewą setką – mówię, bo ten temat zawsze chwyta.

– O tak! – Iza odsuwa rękę Marcina do lamusa i przesuwając się poza linię demarkacyjną, zaciekle opowiada. – Siedziałam wtedy na kasie, o Jezu, jak ja lubię pracę na kasie. Weź mi nawet nie mów, jak ja lubię pracę z klientem, to mój ulubiony rodzaj pracy, he, he, no i siedzę raz i liczę sobie pieniądze, a tu patrzę, lewa setka, ale tak zrobiona fatalnie, że na pierwszy rzut oka byś się zorientował, ohydne ksero, niechlujna podróba, robota partacza. Jak ja mogłam, myślę, coś takiego? Ale mądry Polak po szkodzie i teraz zastanawiam się, co robić, pójść z torbami na bułę czy puścić ją w obieg.

– Tylko nie mów, że puściłaś – śmieje się Andrzej.

– Szczęśliwej drogi, już czas, mapę dupy w sercu masz! – śpiewa na cały ryj rozochocony Marcin, aż czuć, że mu się szwy poluzowały na amen.

– A co miałam robić? W plecy być? A co ty byś zrobił? Wiesz, jaki marny sos płacili? Jeszcze gorzej niż tu. Cholera człowieka bierze, bo wszystkim się wydaje, że w bankach to Bóg wie co, Bóg wie jakie kokosy, że jak już pracujesz w banku, to jakbyś złapał Pana Boga za nogi, ale sami wiecie, jak jest. Pewnie, że nie chciałam tego robić, że się zastanawiałam, ale wreszcie wypatrzyłam jakąś kobietę, wyglądała na kasiastą, taka dobrze zrobiona i roztargniona, no, wypłaciłam jej setkę, niech jej ziemia lekką będzie, poszła i nie wróciła, ale ręce mi się trzęsły jak do pierwszej komunii.

– Nie zamieniaj wacka w twardy głaz, póki jeszcze jaja masz! – śpiewa na całą pytę Marcin, że aż mu neuroprzekaźniki ciekną uszami jak wosk.

– To, w pyte, idziesz do banku i wydają ci lewy hajc, zajebiście! – śmieje się Andrzej, bo jeszcze najwyraźniej historii ze stówą nie słyszał.

– Ty pizdo, chcem, żebyś wiedziała, twoja sytuacja formalna przedstawia się niejasno, szukaj sobie innej pracy! – krzyczy Marcin w powietrze. System monitoringu mu się zwarzył, ale nikt nie zwraca uwagi na jego szczeknięcia.

Tak to sobie siedzimy i pieprzymy głodne kawałki. Kto, kiedy i jakiego buraka obsługiwał. Że sobie ludzie pryszcze wyciskają, bo im się, z drugiej strony, wydaje, że to lustro, nie szyba. Takie tam wesołe smuty z życia na gorąco w klientowskiej zalewie.

Tymczasem Basia siedzi jak trusia, łypie tymi swoimi sprytnymi oczkami i opowiada wszem wobec, jaką prowadzi politykę pracowniczą, dlaczego jej oddział jest najlepszym oddziałem, w jaki sposób osiąga tak wspaniałe wyniki. Jeżeli od czasu do czasu nie złamiesz praw pracownika, to widocznie nie dość przykładasz się do pracy – mówi z zadowoleniem.

Basia siedzi jak królówka. Zachowuje się statecznie i dostojnie. Głośno i dobitnie wypowiada swoje opinie związane z szeroko pojętą współczesnością, chcąc przez to podkreślić wyraźnym szlaczkiem swoją nietuzinkową, szalenie inteligentną, frapującą i obytą w świecie osobowość.

W kiblu jaramy i Edek podaje mi pół papiera. Chomikował go tak na jakąś okazję i pewnie już zwietrzał, ale spróbować można. Po chwili nieoczekiwanie impreza się rozkręca. Dla mnie. Słyszę głosy i widzę włosy. Jestem tak najebany, że sam już o tym nie wiem, że już się czuję trzeźwy jak chuj, że już mi weszło, przeszło, wyszło, rozjebało, wbiło i wybiło, wyjebało, od palenia kraku dziura w głowie jak wyrwa po buraku, nie wiesz tego, ziemniaku? Wiem. Ale nie powstrzymam swojej żądzy. Giczały mi zdziczały i niosą mnie jak zarujonego. Daję z siebie wszystko. Śpiewam. Zdejmuję koszulę, zdzieram krawat i wypinam owocne pośladki, wiruję, przedstawiam ofertę handlową wszystkim niezainteresowanym, rozdaję hamburgerowe karty bankomatowe na lewo i prawo, orgazm targetu! Ooo... właśnie tak, właśnie tak, długo czułem smak prawdziwej mięty.

– Złoiłam się, że ja cież, kurde flak, ale ty dałeś po torbie... co? Pamiętasz coś w ogóle? No dobra – mówi Gocha, jak jej już party-wspomnienie podeszło zgagą do gardła – to co robimy? Jest za dwadzieścia. Zwijamy się?

– Czekaj, niech przynajmniej będzie za piętnaście – odpowiadam.

poniedziałek

– Jak to, założyliście tylko dwa rachunki osobiste? Ja tego zrozumieć nie mogę. Dwa rachunki? O co chodzi, czyż nie jesteśmy najlepsi na rynku? Czyż nasz rachunek oszczędnościowo-rozliczeniowy nie jest uzupełniony szeregiem produktów i usług bankowych? Czyż codzienne zarządzanie domowymi finansami nie staje się łatwiejsze? Czyż nie jest rachunkiem idealnym? Czyż nie jest najwyżej oprocentowany? Czyż nie mamy wielofunkcyjnej sieci bankomatów? Czyż nie pragniemy królestwa bożego? Czyż świątynia banku nie jest prawdziwym domem Pana?

Po pierwsze, zarzut nieprzestrzegania dyscypliny promocji. Po drugie, zarzut lekceważenia zasad prowadzenia rozpoznania klienta. Po trzecie, zarzut niewykorzystania uzyskanych od klienta informacji do przygotowania indywidualnych ofert i konstrukcji narzędzi badających satysfakcję i lojalność klienta. Po czwarte, zarzut niezastosowania wiedzy psychologicznej w procesie zarządzania relacjami z klientem. Po piąte, zarzut niewykorzystania możliwości wpływania na percepcję marki poprzez dostarczanie nowych doświadczeń umacniających związek klienta z marką. Summa summarum, Basia będzie musiała zastosować ostrzejsze kryteria oceny efektywności pracowników.

Oddział baaaczność! Dosyć dziadostwa. Po pierwsze efektywność! Od dziś podstawowym narzędziem zarządzania zmęczeniem będzie pejcz. Tak!

Basia tego nie rozumie, w głowie jej się to nie mieści.

– Coś mi się zdaje, że wkrótce porozmawiamy inaczej, inaczej zaśpiewamy, no więc, jeżeli chcecie wiedzieć, jutro przyjeżdża dyrektor – mówi Basia z solidną szczyptą uprzejmego sadyzmu. – Mirek, musisz umyć swój rower, a cała reszta ma posprzątać na biurkach, żeby nie było żadnych karteczek, papierków, długopisów, ulotek, chusteczek, niczego takiego, proszę też o utrzymanie porządku na zapleczu, nie chcę widzieć żadnych niedopitych herbat, moczek i niedojedzonych kanapek, żadnych okruszków, śladów po butach na podłodze, wieszaka zarzuconego stertą ubrań i tym podobnych, wszystko ma lśnić, czy wyrażam się jasno? Mirek? Czy do ciebie coś dociera? Tak? To co przed chwilą powiedziałam?

– Żeby zachować czystość?

– Żeby zachować czystość! I nie dyskutuj ze mną. To ja tutaj wydaję polecenia. A ty, Gośka, kup jakieś ciastka i dobrą kawę, niech dyrektor zobaczy, że nasz oddział można postawić za wzór, i niech tylko mi się ktoś poskarży dyrektorowi, niech ktoś coś powie, że coś mu się nie podoba, zaraz będę wiedziała, kto to. Myślicie, że dyrektor mi nie powie? Dyrektor wszystko mi mówi.

Na pocieszenie – piątek. Piątek? Jaki, kurwa, piątek. No bez jaj. Piątek to będzie, ale za cztery dni.

poniedziałek

– Mirek – mówi Basia – zrób mi herbatę, taką wiesz jaką, trzy łyżeczki cukru.

– Basiu, trzy? – udaję zmartwionego, że niby dbam o jej linię.

– A co? Co się pytasz? Mówię: trzy, jak trzy, to trzy, słodzę trzy i nic mi nie idzie w biodra, jakoś tak mam naturalnie.

Ehe, yhy, trzy, ty nie przyjedziesz do systemu, system przyjdzie do ciebie, przyjdzie, wejdzie i nie pójdzie w biodra.

– Głupia kurwa, nie idzie jej w biodra – Gocha szepcze mi na zapleczu. – Nie idzie, bo nie ma w co iść, widziałeś ją? Przecież ona nie ma bioder, jak rodziła, to jej cesarkę robili, to nie wiesz o tym? Jakby ona urodziła z tymi jej kulasami, tylko się popatrz na nią...

Patrzę na nią i mi się nie chce. Gosi natomiast się chce. Gosia, uśmiechając się rozrywkowo, dotyka moich spodni w okolicach krocza. Nie wiem, co robić. Nie chce mi się. Gocha ma dodatni bilans energetyczny, a jej wskaźnik masy ciała BMI przekracza 25. Nie podoba mi się to. Nie chce mi się. Jej ciało nie jest już w zgodzie z aktualnym kanonem. Chciałbym zaproponować jej leki ograniczające wchłanianie tłuszczu w przewodzie pokarmowym. Życie nie jest zabawą, tylko ciężką pracą. Niełatwo być profesjonalistą. A tylko taki ma szanse na awans. Wiem to, bo Basia to wie. Basia to wie, ponieważ Basia to wie. Bo tak. A nawet jeśliby nie wiedziała, to też wie. Nie pytajcie dlaczego. Nie zadawajcie głupich pytań.

poniedziałek

Nie drażnijcież, na miłość boską, Basi. Bo się Basi będą trząść rączki i nie pobije rekordu w kaczki. A jest już tak blisko! Strzeliła do dwudziestu w ciągu minuty, co nie jest złym wynikiem. Przecież dwie godziny wcześniej strzeliła tylko do dziesięciu w ciągu minuty. Wzrost efektywności działania o sto procent. Gocha, ta niewdzięcznica, która podczas godzin pracy pisze ukradkiem cevałki, ma w tym temacie zupełnie odmienne i tajne, z przeznaczeniem do wypowiedzenia na zapleczu, zdanie:

– Ja w ciągu minuty strzelam do pięćdziesięciu kaczek, co ta pizda będzie mi tu mówić, że ona strzela do dziesięciu, dwudziestu. Ty słyszałeś, co ona powiedziała? Pojebana jest czy co?

– Słyszałem – kiwam głową – słyszałem, co miałem nie słyszeć, jak słyszałem.

– Pewnie znowu dzisiaj wyjdziemy o ósmej – Gocha patrzy na mnie, jakby sama nie wiedziała.

– No – mówię, bo nie wypada się nie zgodzić – o ósmej.

– Wiesz, o której wychodzą w innych oddziałach? – Gocha patrzy na mnie, jakby chciała, ale się bała. – O szóstej piętnaście.

– Co? – pytam zdziwiony, chociaż wiem, że tak jest.

– O szóstej piętnaście – powtarza Gocha i patrzy nadal przeciągle.

– To są jaja – mówię, byle coś powiedzieć.

– Ją to powinni do supersamu za ladę postawić – mówi Gocha. – Widziałeś taki czeski film *Žena za pultem*?

Widziałem. I też mnie to wkurwia. Jolę też wkurwia. Anetę też wkurwia. Wszystkich nas to wkurwia. Że każdy dzień pracy kończy się dla nas o półtorej godziny później, podczas gdy w normalnych, jeżeli istnieją normalne, oddziałach Hamburger Banku zasoby ludzkie wychodzą zaledwie dziesięć minut później. O kurwa, jak nas, mnie, Gochę, Jolę, Anetę, wkurwia. W zasadzie powinniśmy coś z tym zrobić. Ale jak? Ale co? Nic. Się nie da. Zrobić.

Basia ma nas w garści. Basia jest wielka szyszka. Szach szych. Basia jest znajomą wszystkich ważnych i pociągających. Jest przyjaciółką samego dyrektora generalnego, z którym podobno jest prawie na ty. Nie na: panie dyrektorze, ale na: dyrektorze. To są, kurwa, układy, że aż ten anus mundi puchnie.

poniedziałek, wczesnym ranem

Czy czujesz, że brakuje ci sił na sprostanie codziennym obowiązkom, a twój mózg przypomina pieczonego ziemniaka z wyraźnymi śladami gnicia?

Czy czujesz, że nie masz ochoty na niecodzienny jogging czy kolejną wizytę w siłowni? Nie wspominając już o skoku na bungee, o którym marzyłeś od dawna, mocząc się z podniecenia?

Czujem, czujem, nie bede gadał, że nie czujem, jak czujem.

Są i na to sposoby. Odżywki i batony energetyczne zawierające odpowiednie zestawy koncentratów i suplementów spożywczych. Preparaty uzupełniające z czynnikami witaminopodobnymi, nie wyłączając przy tym antyutleniaczy i L-karnityny. A na deser pyszna siupa. Hopa siupa hula-hoop. Panie, taka siupa to jest, panie, siupa. Siupa zbudzi nawet trupa. Zażyj. Przepij. Wciągnij. Przepal. I wbij się niezwłocznie w soundtrack rozgrywek ligowych.

Wygląda nieźle. Po ile? Po tyle. Dziesięć po dwa. Trzy solo. No niedrogo. Ale warto. Stuprocentowa skuteczność w redukowaniu zmęczenia. Kupuj zawsze w renomowanych sklepach, a jeśli masz jakiekolwiek wątpliwości co do ich stosowania, zasięgnij porady u autoryzowanego dilera.

W razie wystąpienia niepożądanego efektu kapy niezwłocznie skontaktować się z sedesem.

wtorek

W Hamburger Banku najważniejsi są ludzie. To oni reprezentują firmę w kontaktach z klientami i to dzięki nim Hamburger Bank odnosi sukcesy. W całym kraju pracuje ponad trzy tysiące wszechstronnie wyszkolonych i doświadczonych asystentów bankowych. Wyróżniają się naturalną otwartością, umiejętnością i potrzebą słuchania oraz rozumienia innych. Ich głównym atutem jest chęć poznania indywidualnych potrzeb swoich klientów i zbudowania wieloletniej więzi opartej na wzajemnym zaufaniu. Pracownicy Hamburger Banku zawsze mają czas dla klientów, a szczera rozmowa, znajomość produktów bankowych i doświadczenie są ich podstawowymi narzędziami pracy.

– Jak wam się pracuje – uśmiecha się pan mahatma dyrektor – no, jak wam się pracuje?

– Dziękujemy, owszem – odpowiadamy z gracją.

– To najlepszy oddział – mówi sri dyrektor, rozglądając się wymownie po sali operacyjnej.

– Staramy się, panie dyrektorze – odpowiada Basia. – Robimy, co możemy, a o klienta naprawdę trudno.

– No, byle tak dalej – mówi ordynat dyrektor. – A jak z targetem w tym miesiącu, zdaje się, że to ostatni tydzień?

– Tak. Tak, prawie osiągnęliśmy założone cele – mówi Basia drżącym głosem.

– No – mówi wielmożny pan dyrektor. – No, tylko nie mówcie mi, że się nie da, tylko mi nie mówcie, że się nie da, bo się wkurwię.

Po tych znamienitych słowach osoba pana dyrektora rozdaje nam naklejki z logo Hamburger Banku. – Co macie w swoim sercu? Bo ja mam Hamburger Bank, a wy co macie? Też Hamburger Bank? Tylko nie mówcie, że nie, bo się wkurwię. Czyli że tak, co? To teraz naklejcie, proszę, naklejkę z logo Hamburger Banku na pierś po tej stronie, gdzie serce. Naklejka będzie symbolizować to, że w piersi, w naszym sercu na trwałe zagościł Hamburger Bank. Teraz naprawdę jesteśmy rodziną, łączy nas prawdziwe hamburgerowe braterstwo serca. Teraz, kiedy nosimy w sercu logo Hamburger Banku. Powtarzajcie za mną: W pracy poznajesz nowych wspaniałych znajomych i prawdziwych przyjaciół! Praca daje ci niezaprzeczalną możliwość prawidłowego spędzenia nadmiaru czasu wolnego! Praca jest dobrem bezsprzecznym! Praca jest wartością niezastąpioną i wszechdobrą! Twój pracodawca pragnie, abyś był wolny od negatywnych emocji związanych z wyuczonym i wykonywanym zawodem. Pozwól, że pomodli się za ciebie tymi słowami: *Panie, błogosław mego pracownika. Niech zajmie się w pracy czymś konkretnym. Przecież nie musi siedzieć bezczynnie, ponieważ bezczynność nie pochodzi od Ciebie. Bezczynności, szatanie, rogaty bogu, mówię ci, odejdź w imię Pana!* Cudowny Bóg nieskończonego wszechświata żyje w nas, On żyje w tobie. Masz Jego siłę, by z należytą starannością spełniać przynależne obowiązki, zrzucić dręczące poczucie nudy i odnosić tryumf nad problemami w pracy, nawet tymi wielkimi.

Każdego dnia możesz chodzić pełen zapału do pracy i w radości tak ogromnej, że zewnętrzne trywialne okoliczności, jak choćby brak dodatków kasjerskich, ponieważ nie jesteśmy kasjerami, ponieważ nazwano nas eufemizmem „asystent bankowy", co pozwala ominąć meandry ustawy, oraz pomniejsze, jak brak funduszu socjalnego, brak należytej opieki lekarskiej, opóźnienia wypłaty o miesiąc czy w końcu brak podstawowych środków czystości w toaletach oraz słabe nadzieje na podwyżkę, awans, będą zupełnie nieistotne. Każdego dnia musisz obdarzać wyrazami szacunku Pracodawcę, który w swej łaskawości pozwala ci napełnić twoją pustą egzystencję żywą wodą życia. – Na nadchodzący okres rozrachunkowo-rozliczeniowy – tutaj wielmożny pan dyrektor wskazuje niewidzialnym wskaźnikiem na podczerwień cyfry na niewidzialnej tablicy – przyjmujemy nowe błogosławione strategie medialne!

Ten pedał na warszawskiej rejestracji sprzedaje nam jakąś dziwną *Gnojnik Story X*. Brzmi to wszystko jak wytyczne przed nalotem na Irak.

środa

Drogi pamiętniku, dzisiaj pani kierowniczka, niech jej imię sławią aniołowie w niebiosach, była dla mnie niedobra. Pani kierowniczka krzyczała na mnie. Pani kierowniczka groziła mi konsekwencjami służbowymi. Mimowolnie zmoczyłem sobie spodnie. Drogi pamiętniku, czy źle wyglądającą żółtą plamę na spodniach służbowych będę mógł wywabić zwykłym proszkiem? Czy też będę potrzebował siupy z systemem dwufazowym?

wtorek

Basia wprowadza pana dyrektora, kulejąc ze zdenerwowania na lewą nogę.

– Proszę, proszę – mówi. – To nasz oddział, czujemy się tu wszyscy jak jedna wielka rodzina – bełkocze podniecona, a jej z trudem nałożona tapeta odłazi z całym suchym tynkiem jak mokry liszaj. – Dyrektorze, może kawy? A może herbatki? A może coś słodkiego? Dyrektorze, ja pana zapraszam obok, proszę bardzo, będzie miał pan niepowtarzalną okazję przyglądnięcia się pracy naszego zespołu stanowiącego jedną wielką rodzinę.

– Oczywiście – przytakujemy z gazobetonowym entuzjazmem.

O, właśnie wchodzi klient. Jola obsłuży pana. Mam nadzieję. Schylam się po coś na niby do szuflady. Tak. Jola obsłuży pana. Jolu, aportuj!

– Dzieeeń dobrrry, w czym mogę pana obsłużyć, zapraszam pana do obsłużenia – bełkocze w pełnej krasie stresu Jola.

Na co pan dyrektor podchodzi rezolutnie do pana klienta, mówiąc stanowczo:

– W czym możemy pomóc? Interesują pana lokaty terminowe?

Pan klient patrzy na pana dyrektora i mówi: – O co panu chodzi?

– Jak widzę, jest pan zainteresowany lokatami terminowymi – mówi pan dyrektor.

– Kim pan jest? – pyta pan klient.

– Jestem dyrektorem tego banku – pręży się z godnością pan dyrektor, a Basia uśmiecha się przymilnie.

– Gówno mnie to obchodzi – mówi nieprzyjemnie pan klient i zwraca się do Joli: – Chciałem wypłacić pieniądze.

Basia w tym momencie chrząka, chichocząc nerwowo, rodzinnie.

– Herbatki? Kawki? Ciasteczko? Dyrektorze, to rodzinna atmosfera sprawia, że posiłki są pełne słońca i zapachu lata, a herbatę też czuć tym, no, latem.

Pan dyrektor patrzy na Basię jak na popierdoloną. A ja mam niejasne przeczucie, że to wszystko skrupi się na naszych dupach. Nie inaczej.

środa

Drogi pamiętniczku, jak chłopczyk, który dostał dwójkę, zgarbiony i smutny, kierunek bezfiucie, wracam prosto z pracy do domu i myślę tylko o tym, żeby pierdolnąć się przed telewizorem i zapomnieć. Jestem rozpieprzony jak bezczłonkowiec. Nie zbaczam nawet na milimetr, choć soczyste krzaki są pociągające, wygodna ławka przyciąga, a oni, te luje francowate, już tam siedzą. Siedzą, kminią, lolki palą. Bilard, balanga, swawola. Ledwie klubokawiarni nie rozwalą. Feta, siupa, hejże, hola! Coś się dzieje. Coś się leje. Coś się wciąga.

Proszę. Pierwsza krycha za darmochę. Rewelacyjny paralityczno-drgawkowy żółty proszek z Bełchatowa, po którym nosi cię jak epileptyka-ekwilibrystę przez najbliższy tydzień.

Czyżby? A może se liznąć na smaka? Ot spróbować, ile kredy, a ile panadolu. Pojechać na kichanie, hę? O nie! Nic! W żadnym razie, panowie! Niet sportów zimowych! Stop białemu szaleństwu! Nie ma bola! Nie tym razem! Dziś.

Myślę tylko o tym, żeby pierdolnąć się przed telewizorem w oczekiwaniu na optymalne połączenie, na szeroki transfer danych.

wtorek

Ktoś wtarł w zielony dywan stanowiący ściółkę naszego oddziału paskudnie wyglądające psie odchody. Rażą niemiłosiernie jak neon. To nas boli. To boli Basię. To urąga dobremu imieniu instytucji bankowej. To godzi w podwaliny światowego systemu bankowego. To podważa zaufanie klienta.

– Mirek – mówi Basia – idź na zaplecze i zetrzyj to.

– Ja? – pytam.

– A widzisz tu kogoś innego o tym imieniu? – pyta Basia.

– Ale jak? – pytam.

– Nie wiem – odpowiada Basia – po prostu to zrób.

Jasnobrązowe, miękkie psie gówno z czarnymi kropeczkami, które wyglądają jak kawałki czegoś dziwnego, a może mi się wydaje. Może to po prostu jesień ostrej zwałki, a ścieżka dźwiękowa to zwichrowany zapis pseudoekstatycznej paranoi, a nie orgazm twojej dziewczyny.

poniedziałek

No, Basia jest dzisiaj zadowolona, bardziej niż zadowolona.

– Słyszeliście? – mówi. – Pietrek został zwolniony, ten Pietrek, dokładnie, nie inaczej, ten Pietrek. A wydawałoby się, że firma będzie tolerować jego wybryki, nie udawajcie, że nie wiecie, niestosowanie się do poleceń służbowych, różne rzeczy. Przyczyną wypowiedzenia umowy o pracę było niespełnienie oczekiwań pracodawcy co do jakości wykonywanej pracy. Pilnujcie się, lepiej się pilnujcie, bo wystarczy jedno moje słowo, jeden telefon i wylatujecie, skończyły się dobre czasy, skończyło się siedzenie i nic nierobienie – podsumowuje wizytację wielce szanownego pana dyrektora. – Nie ma, że nie można. Albo realizujecie założone targety, albo spojrzymy na to z innej strony. Nie ma, że się nie da, że to, że tamto. Albo będziemy współpracować, albo nasza współpraca się skończy.

niedziela

Każdy z nas jest czasem w złym nastroju. Wszyscy przeżyliśmy chwile przygnębienia i załamania przynajmniej raz w życiu.

No zrób coś, mówię do siebie w palniku, no nie stój tak jak pała.

Dwa razy prosić nie trzeba, bo mnie, mówię wam z serca, tak telepie, że ustać nie mogę. Szybko! Na kolana. Klękam. Zlizywać ze stolika resztki pozytywnie wyglądającego białka. Klękam, by zdać sobie sprawę, że na stoliku, miast kokoskiby, kreska mąki ziemniaczanej. Nawet nie erzac śniegu, rozsypany dla żartu przez jakiegoś złośliwego fauna. Klękam, chowając twarz w dłoniach jak frasobliwy, fachowo zrobiony w leszcza.

Miau ci, kotku, miau, coś ty, kotku, miał? Miałem ci ja kreskę mleczka, lecz skończyła się kreseczka, a jeszcze bym chciał. Boże! Co za tektoniczny zwał!

poniedziałek, wczesnym ranem

Kipiel w saganie, że aż dekiel skacze jak poparzony. Superwylew. Święty cug nach megasushi. Zjednoczone stany urojone. Ultragibanie w kolibie. A tu jak na złość poniedziałek. O Jezusie Nazerejski! Co teraz? W takim stanie? W jaki sposób? Zamiast mózgu moczowody wypełnione fantazjami w temacie instalacji sanitarnych. Pomocy. Mamo? Falc? Glukoza? Panadol ekstradubeltowy? Mega-Biovital z korzenia żeń-szenia? Medycyna niekonwencjonalna swojska? Sok z buraków babuni? Woda spod łogórków dziadunia? Mleko od cioci? Kefirek od wujka? Wymaz. Grymas.

niedziela

A skończy się prawdopodobnie obsesją niedzielną, bo jak wiadomo, w boży dzień konflikty w obrębie ogniska domowego nabierają rumieńców. Ktoś, znaczy się, dorzuca do pieca.

– Dlaczego ty nie możesz wyglądać jak człowiek? Wszyscy koledzy z klatki wyglądają jak ludzie! Dlaczego nie możesz się jakoś ubrać? Jakoś wyglądać? Wyjść przyzwoicie ubrany na klatkę, zaprezentować się jakoś! Pokazać, że jesteś normalnym człowiekiem! W końcu żyjesz wśród normalnych ludzi!

Jesteśmy konsumentami kodów kulturowych produkowanych przez medialne maszynki do produkcji kamony.

– Sąsiedzi widzą, jak ty wyglądasz, i co oni sobie pomyślą? Że niechluj, że rodzice nie dbają, że jakiś taki nie do życia! Chcesz? Masz, damy ci z mamą na płaszcz, ile chcesz, to ci damy. Tylko żebyś sobie ten płaszcz kupił, a nie że pieniądze przefyrtasz i ani płaszcza, ani pieniędzy! Ale powiedz mi, dlaczego ty nie chcesz płaszcza? Taki elegancki czarny płaszcz do pracy, wiesz, jak byś wyglądał w takim płaszczu? Zobacz, koledzy z klatki takie płaszcze mają, Jacek ma, Artek ma, wszyscy mają, wszyscy chcą jakoś wyglądać normalnie, chcą się podobać dziewczynom! Od razu byś się zaprezentowal inaczej w takim płaszczu, od razu byś wyglądał jak człowiek! No ale powiedz mi, dlaczego ty nie chcesz kupić sobie takiego płaszcza? Możesz mi powiedzieć?

Większość kodów kulturowych i przypisanych nam ról niekoniecznie jest zgodna z naszą wizją życia. Kto je narzuca?

– Miałbyś jakieś porządne ubranie, do kina wyjść, do kościoła, jakoś się pokazać wśród ludzi. Wyglądać normalnie, wstyd tylko przynosisz rodzicom, a potem ja się muszę czerwienić za ciebie, bo mi jedna, druga sąsiadka zwraca uwagę. W końcu trzeba się wreszcie przystosować. Zacząć żyć jak człowiek. Kupić sobie ładny płaszcz. Spodnie ładne, polara ładnego, koszulkę ładną. Samochód sobie kupić. Masz porządną pracę, trzeba ją szanować. Musisz się jakoś wreszcie zmienić. Zacząć chodzić do kościoła.

Każdy chce oddychać i, jak zauważyli prorocy sytuacjoniści, nikt nie może oddychać, każdy więc mówi: pooddychamy później. Ale większość z nas tego nigdy nie robi, bo po prostu umiera. Ba, większość z nas nawet się nie rodzi.

poniedziałek

– Cze – mówi Krzysiu.

– Cze – mówię ja.

– I co? – pyta Krzysiu.

– I nic – odpowiadam.

– Jak leci? – pyta Krzysiu.

– Jak kurwie w deszcz – mówię, co mi się zgadza z prawdą. – Ty, słuchaj, pamiętasz, jak żeśmy rozmawiali?

– Coś tam pamiętam, a co?

– A nic, dałoby się coś? Kupić, pożyczyć, wynająć, wyjąć, sam nie wiem.

– Co, przypierdoliłbyś w cebulę? – pyta Krzysiu.

– No – mówię i śmieję się, że niby nie, że nie przypierdoliłbym w cebulę, tylko chcę pojechać z laską na spacer do lasu na drugą edycję jakiejś psychozy.

– Ile masz kamony? Ile? Tyle? Krótka może bedzie, krótka, króciutka, kruciuteńka...

– Niech będzie nawet długa.

– Na kiedy?

– Na zaraz.

– Zaraz to jest taka duża bakteria.

– Bardzokurwaśmieszne, na kiedy?

– No, coś będziemy gadać, jutro?

– Siedzi.

Stoi. Nie ma prawa leżeć.

Stempel kasjerski, guma do wygodnego odbijania stempla kasjerskiego, poduszka z tuszem, karteczki z notatkami, najbardziej potrzebne telefony, numery kont najważniejszych klientów, przycisk alarmu, klawiatura, monitor, myszka, długopisy z logo banku, kartki pod wydruki kasjerskie z logo banku, notatniki z logo banku, plik kopert z logo banku, banderole na banknoty, wszystko w idealnym porządku, wszystko na swoim miejscu, dokładnie tak, jak było zostawione dnia poprzedniego.

Plakaty na ścianach. Korzystaj. Plakaty zawieszone w dużych, przestronnych oknach. Korzystaj. Plakaty w pomieszczeniach bankomatowych. Korzystaj. Plakaty zawieszone na wysokości oczu klienta. Korzystaj. Plakaty z przodu, z tyłu, z boku. Korzystaj. Wszędzie rulony, tuby, zwitki, kawałki plakatów. Korzystaj.

Potrafimy skłonić do korzystania. Zostaliśmy wyszkoleni, żeby skłonić do korzystania. Nasze twarze są żywą reklamą. Stoimy na stanowisku aktywnej sprzedaży i mówimy: korzystaj. Korzystaj, bo to jest korzystne. Bo tak naprawdę to jest korzystne. Bo taka jest prawda.

Ten pastel, ta biel, te regipsy, to przeszklone wnętrze. Musisz uwierzyć w to, że oferta jest

korzystna. Słuchaj, poczekaj, masz tu kilka ulotek reklamowych bez dołączonego cennika usług.
Usiądź. Przestudiuj na spokojnie. Tutaj naprawdę
nikt nie będzie cię zatrzymywał na siłę. Nikt nie chce
wcisnąć ci kitu. To jest naprawdę korzystne.
Sprawdź. Skorzystaj. Co ci zależy. Co się będziesz
szczypał. Nie żyje się wiecznie. A potem się umiera.

wtorek

Pan guru dyrektor zabiera Basię samochodem
firmowym na spotkanie menedżerów, na którym
w kryształowych salaterkach zostanie podany smakowity sarin pudding z drobnymi kawałeczkami
iperytów do maczania w sosie.

– Dacie sobie radę beze mnie? – pyta Basia.

– Muszą – mówi pan dyrektor niby że ru-
basznie.

– Tak, muszą – mówi Basia, ale nie jest o tym
dogłębnie przekonana, po prostu jakoś nie może sobie tego wyobrazić, że oni dadzą sobie radę. – Gośka,
koniecznie do mnie zadzwoń – kończy, patrząc z wy-
rzutem w stronę Gochy.

– Dobrze, Basiu – mówi Gocha i uśmiecha się
czule do pana dyrektora.

– To zobacz, Mirciu, kiedy wyjdziemy, jak jej
nie ma – mówi Gocha. – No zobacz, o wpół do siód-

mej, a nie o ósmej, i co ty o tym myślisz? Jakby tej cipy tu nie było, tobyśmy wychodzili tak codziennie, ale tak to jest, jak ktoś nie ma nic do roboty w domu, bo mamusia się dzieckiem zajmuje, a ona może siedzieć na dupie, grać w kulki, w kaczki, w chuje, muje, dzikie węże i udawać, że coś robi. I zobacz, o której dzisiaj wyjdziemy, o wpół do siódmej, nie moglibyśmy tak codziennie wychodzić? Jacek się na mnie wkurwia w domu, że ja w tej pracy to wnet będę spała, co ja mam zrobić? Jak Basia musi się wypierdzieć, napić herbaty, pograć w kaczki? Tylko się popatrz, jak to się robi w Chicago, raz, zamykamy kasę, dwa, machniom rozliczonko, trzy, zbieramy manele i chajci. Myślisz, że ja sobie nie wolę poleżeć, popatrzeć na telewizor? A co ty myślisz, że ja w domu to nie mam nic do zrobienia? A ona mi tu pierdoli, że pobiła rekord w kulki. Żeby ją tak sparaliżowało od pasa w dół. Zobacz, wpół do siódmej i wszystko wygląda lepiej, niż jak ona tu jest.

Ale Basia rano jest innego zdania.

środa

— Jak to, nie puściliście faksu do Warszawy? Gośka, co mnie to obchodzi, że numer był zajęty, to trzeba było czekać, aż się zwolni. Co mnie obchodzi, że inne oddziały wysyłają faks rano i nic się nie dzieje? To nie są inne oddziały, tutaj ma być tak, jak ja chcę. Chcesz zobaczyć procedury? W procedurach jest wyraźnie napisane, że wszystkie dokumenty, czy to faksy, czy to rozliczenia, mają być przesyłane do centrali w ten sam dzień rozliczeniowy. Gośka, dlaczego nie wysłaliście tego faksu do Warszawy? Co, chcieliście wyjść wcześniej do domu? To dzisiaj zobaczycie, jak wyjdziecie wcześniej. Dzisiaj sprawdzę stany kas, tak że lepiej się przygotujcie na dłuższe posiedzenie. Za dużo sobie pozwalasz, Gośka. To, że jesteś zastępcą, nie znaczy, że masz ignorować moje polecenia albo wymyślać swoje reguły, nie ma odstępstw. A potem się dyrektor pyta na zebraniu, dlaczego oni nie wysyłają tych faksów w ten sam dzień, ja nie chcę być opieprzana przez dyrektora za wasze niedociągnięcia. Na to sobie nie pozwolę!

– Już to widzę, jak ich dyrektor opierdala – mówi Gośka w pomieszczeniu na zapleczu. – Myślisz, że ja nie wiem, co się na tych zebraniach dzieje? Co się dzieje w innych oddziałach, w ogóle nie wysyłają tych pierdolonych faksów do centrali i nikt się tym nie przejmuje, nikt się nie przejmuje procedurami poza Basią, bo jak byśmy chcieli postępować według procedur, tobyśmy stąd wychodzili nie o wpół do ósmej, ale o dziewiątej, a ja mam w dupie taką pracę za takie pieniądze. Ja tą kurwę kiedyś uduszę gołymi rękami! O, woła mnie, tak, Basiu? Już idę, Basiu, o co chodzi, Basiu? A tak, już robię, trzy łyżeczki jak zawsze?

niedziela

Obsesja normalności. Obsesja płaszcza. Gęstwina cuchnących chemikaliami stereotypów, klisz myślowych, kolektywnych halucynacji.

Pierdolę płaszcz. Pierdolę samochód. Pierdolę kino domowe. Ale otoczenie jest odmiennego zdania.

Musisz wyglądać jak normalny moralnie człowiek!

Spójrz, mama kupiła ci w hipermarkecie twój ulubiony papier toaletowy. Na promocji. Idź, kupisz więcej. A przy okazji coś sobie kupisz. Coś ładnego. Są takie tanie maszynki do golenia. Nawet nie wiesz, ile towarów jest na promocji. A ile ludzi w środku. Aż trudno się przecisnąć. Idź, mama da ci bony.

No to chyba nadszedł czas. Żeby się jakoś ubrać. Coś włożyć na siebie. Sprawdzić prawdziwość tej informacji.

Z prawej multikino, z lewej park wodny, stacja benzynowa, parking, jeden hipermarket, drugi hipermarket. Co będziemy się czarować, centrum kulturalne miasta już dawno przeniosło się na obrzeża.

Tyle tu świateł, że aż onieśmielają. Jest tak jasno, że aż człowiek czuje się jak w niebie. Wzmacniacz smaku i zapachu gęsto rozsypany wśród zamrażarek i stojaków intensyfikuje mistyczne doznania.

Te piękne młode panie pracują na promocji, właśnie czekają za kasami, by za okazaniem paragonu wręczyć jego szczęśliwym posiadaczom jakiś produkt ekstra, czy to kubeczek z nadrukiem, czy coś innego. Ci silni panowie to ochrona. Oni stoją i patrzą, czy nikt nic nie wynosi, czy nikt nie zachowuje się nienormalnie. Czy nie dzieje się nic specjalnego. Czy nie dzieje się nic, co urąga.

Czy są tu wykrywacze metalu? Nie ma. Możesz wejść niedostrzegalnie z małym czerwonym koszyczkiem. Potem musisz przecisnąć się wzdłuż szpaleru dużych metalowych regałów, w których umieszczono towary w maksymalnie taniej ofercie. Dalej czekają dwa rzędy suto zastawionych półek, na których towary ułożone są według pewnego klucza sprzedażowego. I dopiero wówczas znajdziesz się tam, gdzie chciałeś. W samym centrum, w sercu, w jądrach ciemności.

Po raz pierwszy z podniesionym czołem, po raz pierwszy bez złotej karty kredytowej, po raz pierwszy bez cienia wątpliwości i lekkiego zająknięcia, które pojawia się zawsze w sytuacjach kryzysowych.

Z jednej strony degustacje jogurtów, z drugiej luźno rozłożone na tacy fragmenty wafli w polewie i bez polewy. Stajesz na środku, potrącany przez anonimowe postacie pchające wyładowane tandetą wózki, i w zasadzie możesz coś powiedzieć. Ale nie mówisz. To nie teatr. I nie kino. To nie zabawa w symulację samobójstwa. To reality show ze śmiercią w roli głównej. Ludzka bomba jest tania, prosta i łatwa w użyciu. Ściągasz płaszcz. Ten sam. Ciemny, przystojny i wiarygodny. Płaszcz, który pozwala ci jakoś wyglądać w tych trudnych czasach. Który pozwala wierzyć ludziom w twoją dobroć, szczerość, przywiązanie do prawdziwych wartości. W twoje dobre intencje i pozytywne nastawienie.

Dopiero po chwili niektórzy zaczynają załapywać. Jedna pani w sile wieku pyta zażywnego pana:

– Zobacz, co on ma na sobie? Mój drogi Stefanie – czyżby to był ów najmodniejszy w tym sezonie pas szachida?

– Tak, moja droga Antonino, zaraz to wszystko wypierdoli się w powietrze, a my nie będziemy nawet mogli pomodlić się za nasze dusze, jeżeli są jakieś dusze.

– Dlaczego, mój drogi Stefanie, dlaczego? Dlaczego tak bez modlitwy?

– Dlaczego i dlaczego. Przestań się ciągle pytać, dlaczego to, dlaczego tamto. Przestań zadawać głupie pytania, dobrze wiesz, że nie będzie na to czasu...

Czas się pożegnać. Amen. Zamach z rozmachem. Multikino chaosu i krwi. *Rzeźnia 3D MAX*. Papież się nie umywa. A raczej rozmywa. No bo to już było i nie wróci już. Przeszłość jest ciemnością, błądzimy w niej po omacku, dotykamy jej tak, jakbyśmy nawijali na palec zużytą szpulę taśmy magnetofonowej. Jeżeli da się coś z niej odczytać, to tylko niejasne fragmenty, niezrozumiałą zbitkę sampli. Przyszłość wydaje się zaprojektowana i wodoodporna. Tylko to jebane teraz, wieczne teraz, wschodnie teraz, zażenowane teraz wymyka się spod kontroli.

środa

Jak zwał, tak zwał, ale Basia byłaby zapomniała, że jest jeszcze jedna ważna sprawa do poruszenia.

– No więc dyrektor, a dla was pan dyrektor, powiedział, że sobie nawet nie wyobrażał, jakie bzdury wy wysyłacie w tej poczcie. I teraz właśnie pan dyrektor zapowiedział, że będzie wyrywkowo sprawdzał pocztę pracowników, tak, tak, nie mówiłam wam tego wcześniej, bo myślałam, że jesteście rozsądni, ale przeholowaliście. Ja nie wiem, czy wy, ale pewnie wy, wy wszyscy, dyrektor nie mówił, kogo pocztę czytał, nie wskazywał palcem, mówił tylko, że takie bzdury, że aż się odechciewa, że aż nie miał pojęcia, czym pracownicy banku się zajmują podczas godzin pracy, za które otrzymują pensje pracownicze. No pracownicy zajmują się wysyłaniem idiotycznej poczty, co jest dowodem in vitro na to, że najwyraźniej pracownicy się nudzą, i trzeba będzie przykręcić śrubę, bo takie zachowanie jest szkodliwe dla wizerunku firmy, dlatego dbając o bezpieczeństwo i efektywność, będzie sprawdzał co miesiąc losowo wybraną skrzynkę, tak że Gośka zapomnij, że sobie będziesz przesyłać jakieś durne maile z Tomkiem. Zapomnij, nawet o tym nie myśl, co, Gośka, myślisz, że ja jestem głupia, że ja nie widzę, co ty robisz? Ja ci tego zakazuję, rozumiesz? I nie ma dyskusji, to samo się tyczy was wszystkich. Jak tylko zobaczę, że ktoś wysyła jakieś idiotyczne wiadomości, niezwiązane z pracą, to popamięta, rozumiecie? Potem dyrektor mi mówi, że w sieci są wirusy. A skąd one się biorą? Z waszych zabaw, niech ja zobaczę, że ktoś pisze do kogoś o tym, co się dzieje w naszym oddziale, to zobaczy. Myślicie, że ja nie wiem, kto takie rzeczy wypisuje? Że ja jestem głupia? Ja wszystko wiem i nie pozwolę sobie na taką samowolkę. A jak się nie podoba, to wynocha. Ty już dobrze wiesz, o co mi chodzi, Gośka.

Gocha dobrze wie, ale udaje głupią. No skaranie boskie z nią. Nie do wytrzymania jest.

poniedziałek

    – Bata na ciebie nie ma! Wstajesz do pracy czy nie?!

    – Mamo, która? Siódma? Mamo, ja mam na dziewiątą.

    – Głupiego udajesz?! To ja ci tylko chciałam przypomnieć, żebyś nie zaspał, bo wiesz, że masz tendencję do zasypiania.

Co jest?
Kurwa, poniedziałek. A co ma być?

    – Mirek, dlaczego ty się w ogóle nie uśmiechasz? – pyta Basia. – Siedzisz i się nie uśmiechasz.

    – Ja się nie uśmiecham? Przecież ja się uśmiecham – odpowiadam.

    – Wiesz co, no ja już widzę, jak ty się uśmiechasz. Przecież siedzę tu i patrzę i co mi będziesz mówił, że się uśmiechasz, jak się nie uśmiechasz. – Basia patrzy na mnie z politowaniem. – Co mi będziesz bzdury opowiadał. Co ty myślisz, że ja stąd nie widzę? Ja stąd mam doskonały ogląd całej sali. Jak wchodzi klient, to ty, zamiast uśmiechnąć się, zrobić jakiś uprzejmy gest w stronę klienta, siedzisz sztywno jak kukła i bełkoczesz coś niewyraźnie. Tak cię uczyli na szkoleniu?

    – Nie, ale przecież podnoszę się z krzesła, przecież mówię...

– Poczekaj, daj mi dokończyć. Tak cię uczyli na szkoleniu, powiedz, jak cię uczyli na szkoleniu? Chyba nie tak? To ja ci powiem, jak cię uczyli na szkoleniu, bo sama takie szkolenie przechodziłam. Uczyli cię tak, że jak wchodzi klient, masz wyraźnie powiedzieć: „Dzień dobry, w czym mogę pomóc?" I powiedzieć to w taki sposób, żeby klient poczuł się w naszym oddziale jak u siebie w domu, żeby nabrał ochoty podejść, zapytać, żeby usiadł. Wiesz przecież, że kiedy klient usiądzie, łatwiej jest mu przedstawić ofertę i taki klient szybko od nas nie wyjdzie, taki klient to w zasadzie nasz klient. Wiesz, co ja mówię? Nie chciałabym oglądać podobnych scen w przyszłości.

wtorek

– Dzień dobry – mówię, podnosząc się z krzesła. – Pani pewnie po pensję, już sprawdzam, czy jest na koncie. Oj, niestety jeszcze nie ma. Tak, tak, ja wiem, że powinna już być, ale, proszę pani, nie dzieje się to z winy banku, że jej jeszcze nie ma. Tak, ja wiem, że pracodawca zapewniał panią, że wysłał pieniążki już trzy dni temu. Ja się z tym zgadzam, ale na pani koncie jeszcze tych pieniążków niestety nie ma. Jeżeli bank otrzymałby te pieniążki, to natychmiast zostałyby zaksięgowane, w to nie należy wątpić, tylko często bywa tak, że pracodawca, owszem, przesyła pieniążki w terminie, ale drogą nieelektroniczną, zwaną Sybirem, ponieważ taka jest tańsza, i wówczas pieniążki idą dłużej, nawet do tygodnia, jeżeli wysłałby pieniążki drogą szybszą, elektroniczną, czyli Elixirem, to wówczas otrzymałaby je pani praktycznie natychmiast. Proszę mi wierzyć, bank nie przetrzymuje pani pieniążków. Tak, tak, ja wiem, że ma pani różne zobowiązania do zapłacenia, ale w chwili obecnej nie mogę pomóc. Dziękuję. Do widzenia.

Naszym celem jest zadowolić klienta.

Basia ma pewną opinię na ten temat, a w zasadzie pewną wskazówkę. – Po co ty im to tłumaczysz? – mówi oburzona. – Po co ty im to mówisz, różnica między Elixirem a Sybirem. Co ty myślisz, że oni coś z tego rozumieją? Mówi się: pensja jest lub pensji jeszcze nie ma. Dziękuję, tyle. A nie system elektronicznego przesyłu danych, sieć banków. Co, myślisz, że oni to rozumieją? Dasz takiej palec, to cię zaraz za rękę złapie, rozumiesz? Tłumaczysz jednej osobie pięć minut, a za plecami kolejka. Co ty sobie wyobrażasz? Mów krótko i konkretnie, rozumiesz?

Tak. Wiem. To tłuszcza. Masa kakaopodobna. Żwir. Zakwas, z którego nigdy nie będzie chleba. Niedoszli alkoholicy i prawdopodobne kurwy. Nie ma sensu z nimi rozmawiać. Tylko: jest pensja lub nie ma pensji. Spierdalać! To jest Hamburger Bank, a nie poczekalnia na dworcu. Tu się przychodzi z konkretnymi problemami. Z właściwymi pytaniami. Nie interesuje nas, że macie niespłacone raty kredytów, bo po co, do chuja, żeście te kredyty brali, trzeba było myśleć zawczasu. Nie interesuje nas, że czynsz i media, i abonament, i inne, że naliczane odsetki karne, gówno nas to obchodzi, że dziecko, że rodzina, że mąż bezrobotny, gdzieś ty, kurwo, miała oczy, żeś takiego męża se wzięła, narobił ci bachorów i nie pracuje, nieprawdaż? Wypierdalać z banku, na chodnik, na ulicę, tam gdzie wasze miejsce.

Zróbcie space dla klientów o wyższych wymaganiach, do których zresztą oferta naszego Hamburger Banku jest skierowana. Są to ludzie o dochodach powyżej pewnego pułapu, posiadający sprawne samochody, ludzie wykształceni i obyci, ludzie wyposażeni w kulturę osobistą na poziomie zadowalającym, ludzie uśmiechnięci i zadowoleni, ludzie znający mechanizmy i świadomi pewnych faktów, ludzie ceniący sobie wygodę i wyrafinowane zakąski, ludzie gustowni i permanentnie wykwintni, ludzie pretendujący do rasy medialnie znanej, ludzie lubiani i podziwiani, nasi, jednym słowem, nasi.

Wy, pionki z miejskiego lazaretu, możecie zgnić. Nie ma dla was miejsca w świątyni finansów. Zdarzyło się, że byliście potrzebni do osiągnięcia zamierzonego targetu, ale to było dawno i nieprawda. Okres litości dla zwierząt dawno się skończył. Jedyne, co możemy dla was zrobić, to podarować zarażone sarsem śpiwory uznanej na rynku firmy.

– Po co ty z nimi dyskutujesz? – krzyczy Basia, kiedy wreszcie oddział Hamburger Banku opustoszał. – Czy ja ci czegoś nie mówiłam? Chcesz tu jeszcze pracować? Tak? To stosuj się do moich poleceń.

– Wiesz co, Basiu? – szepczę ze skruchą. – Chciałem cię bardzo, ale to bardzo przeprosić, to moja wina, moja wina, moja bardzo wielka wina, przeto błagam ciebie, Basiu, i wszystkich świętych, i pana boga dyrektora naszego jedynego o wybaczenie i o darowanie kary, a jako ofiarę przebłagania chciałbym ci przedłożyć ten tutaj oto... no gdzież ja to, kurde, no mam, no kurde bele, czekaj, czekaj, już wyciągam, stary, ale jary, rzeczywiście bardzo fajny, przeciwczołgowy, no, kurde flak, właśnie w tej chwili za pomocą energicznego szarpnięcia zostanie pozbawiony symbolicznej zawleczki, Basiu, teraz prawdopodobnie nie znajdziemy już czasu, by pożegnać się z naszymi bliźnimi, ale jest jeszcze czas, by napluć ci w twarz.

Buch! Bam! Bęc! Trraaach! Shhrrrink! Tele-Pizza za ścianą przeżywa nagły skurcz. Niektórym klientom staje w gardłach podwójny ser, podwójne pieczarki, podwójny keczup i podwójny abonament.

Pani przy kasie upuszcza wszystkie drobne, które miała właśnie wydać. Monety toczą się po dużych beżowych kaflach na podłodze jak nakrętki, na których wewnętrznej stronie producenci wytłoczyli wielki napis: „Spróbuj szczęścia jeszcze raz!"

Przez chwilę znajdujemy się w epileptycznym oku cyklonu. Tutaj następuje minispotkanie ze smutną i twardą prawdą, ale prawdą. A następnie rozpoczyna się jatka dwa. Powrót turbopopierdoleńca z megaefektami specjalnymi. Wariat daje z pepeszy. Biurwy, flegmatycy, luje, emeryci, renciści, dzieci, nikt nie jest bez winy.

Następuje szeroko zakrojona promocja znieczuleń. To ci, to tamci mają pełne ręce roboty. Pierwsze strony gazet wypełnione dysputami i rozważaniami. Walec wojenny przekształca pokonanych w niskosłodzony, małokaloryczny, lecz smaczny dżem. Koniunktura na dwa dni skacze o dwa schody dalej. Chłopcy z prasy zacierają ręce. Duchowni obliczają, na zakup jakich bryczek pozwolą tantiemy pogrzebowe. Generalnie wszystkim to się opłaca.

poniedziałek

Nareszcie coś się dzieje. Nareszcie rozmawiamy jak ludzie. Zdarzenia nabierają rumieńców.

– Na łostrą? – Krzysiu pstryka petem w przechodzącego gówniarza.

Patrzę, jak gówniarz kuli się i ucieka, wściekle kwicząc.

– Ty, Krzysiu, to co? Może byśmy tak coś, co? Pogadali? Możemy przecież pogadać co? Pokaż – sięgam Krzysiowi pod pachę po ten jego atut firmy ochroniarskiej.

– Pokazywałem, jak byłem mały.

– No, pokaż, nie bądź chujem, nie pierdolżeż, pokaż. Poookaż – mówię. – Noo, dobrze się graby trzyma. Taki jest akurat, jakbym się z nim urodził. Może byś coś tego? Znasz kogoś?

– A co byś chciał? Nooo to pochodzę, pokręcę się, popatrzę, popytam, na kiedy? Na jutro? Co, kurwa?

– Ee... żartuję, ten tydzień, następny tydzień, następny, następny tydzień, nie pali się, ale... gra?

Gitara.

niedziela

Budzisz się i nie budzisz. Śnisz. Pogrążony w huśtawce nastrojów. Stany przejściowe prześladują cię jak źle wyważone koło.

Co może zdziałać pozytywnie nastawiona wyobraźnia? Prawdopodobnie wiele. Więcej, niż nam się wydaje. Proszę bardzo, tylko spójrz, z drugiej strony lustra czeka na ciebie prezent od firmy. Dzień, w którym obejmiesz nowe stanowisko, moment radości po zdanym egzaminie, radosne, nieprzytomnie wpatrzone oczy zakochanego w nas partnera, podziw otoczenia, kiedy zrobimy coś, co wydawało się niemożliwe do wykonania.

Dzień, w którym zamkniesz kasę, spuścisz windy, zwiniesz program do paska, zerwiesz się z brzemienia kamery przemysłowej, wstaniesz i wyjdziesz do domu, a po ostatnim moście, który był zresztą za daleko, nie pozostanie nawet wspomnienie. Generały, króle, nioski, damy, walety i resztę kurnika wessie piekło żywiołu.

Weź głęboki oddech i odpręż się. Masz w rezerwie jeszcze jedną pigułę. Pamiętasz? Zabrałeś ją na wszelki wypadek. Pamiętam. Tak. Teraz popij wodą, jak zalecano na ulotce. Już bardzo barbi dobrze.

Nagle tego dnia, w danej chwili jesteś bezkompromisowy i odważny. Stajesz twarzą w twarz z konsekwencjami. Wyciągasz rękę w kierunku sporej dawki faktów podczas porannej kawy. Odprężasz się w wiadrze białego szampana i czytasz wnikliwą recenzję swojego ostatniego filmu. Krytyka nie zostawiła suchej nitki. Za mało eksplozji? Sequel będzie lepszy, zapewniasz na sesji medialnej.

Jeszcze jedno zdjęcie i po krzyku. Zdjęcie, ale z krzyża. Zaprawdę, zaprawdę. Pali mnie. Co?

Otwarte przewody. Plery. Nery. Wątroba. Pierdolony dzień. Aj!

poniedziałek, wcześnie rano

Budzisz się i wciąż na nieszczęście jesteś sobą. Patrzysz zmięty na wciśnięty w krzesło sfatygowany kokainowy dres, podczas gdy balon wypełniają krytyczne żołądkowe myśli. Sfilcowana twarz niełatwo poddaje się procesowi rutynowego pozbawienia zarostu. Teraz dochodzi do ciebie ponura prawda. Ten proszek był clony. Zielone było clone. Wszystko przeclone i przecwelone. Bejca! To bejca. Nie mahoń.

piątek

– Ale jak to frajer zapodawał, jakie filmy kręcił... No, panowie, mało, ja widzę, że mało, nie da się ukryć, że to nie jest dużo. Ale zobaczycie, jak was pokręci, mało, ale to naprawdę, panowie, naprawdę mocne, sześć za jeden trzy, no chyba, że solo, ale za dwa. Daj jawkę, to ci pokażę, no przecież mówię, mocne, mocniuteńkie, ja wam to mówię, jak tu stoję, co, nie wierzycie? No naprawdę.

– No – mówi Alfons, wciąż trzeźwy jak chuj – jak spotkam zgnilucha, to mu ten proszek wcisnę w nosek, że aż mu reladorm z dupy poleci.

poniedziałek, wcześnie rano

Dwa razy silne wymioty na sucho. Od drugiej w nocy drgawki. Silne objawy napompowania palnika do granic bólu. Jakieś ogólne niewyżycie i paskudne halucynacje telewizyjne. Konieczna natychmiastowa operacja kasacji. Wszystkie dane do kosza. Reset całego systemu. Trzeba będzie zaczynać wszystko od nowa. Załadować pliki. Konfigurować. Przyswajać memy. Poranny chlew wypełniony sikiem informacji. A organizm nie przyjmuje niczego. Płynów. Ciał stałych. To co? Telefon do przyjaciela?

Glukoza potrzebna od zaraz. Straszne, kurwa, zejście. Żeby to, Panie Boże, chociaż było po czym schodzić. Ale nie dobrze się robi na samo wspomnienie tego party z szopką w roli głównej.

Nie chce mi się. No nie chce mi się. Nie chce, że aż się nie chce.

wtorek

Oj, jaka Basia dzisiaj wesoła, jaka uśmiechnięta, jaka rozpromieniona. Była na spotkaniu.

– Nawet nie macie pojęcia, jak dyrektor nas chwalił.

W zasadzie to ją tak chwalił, bo jest menedżerką, która prowadzi najlepszy oddział Hamburger Banku, bo wykonała plan, i teraz dzięki niej wszyscy dostaniemy premię, o tak, ale premię, z czego chyba zdajemy sobie sprawę, nie wszyscy dostaną, niektórzy przecież woleli chorować, a inni musieli za nich pracować, tak?

– Tak czy nie? – Tutaj Basia uśmiecha się fluternie. – A wiecie co? Dyrektor chciał się ze mną umówić. Mówi mi, pani Basiu, musimy koniecznie się spotkać, musimy sobie porozmawiać, czy jest pani mężatką? Nie wiedziałam, co mu powiedzieć. Po co on mnie o to pytał?

– Słyszałeś, co ten pokurcz pierdolił? – Dopiero na zapleczu Gocha staje się sobą. – Pytał ją, czy jest mężatką. Głupia krowa. Ja bym za nią nie rzuciła zdechłym psem, a dyrektor ją podrywał. Taką pokrakę. Ty wiesz, jakie on dziwki zalicza? Widziałam, jak byłam w Warszawie, przyszedł z taką laską, że sobie nawet sprawy nie zdajesz, że to ci się w pycie nie mieści, i teraz ona mi mówi, że on ją podrywa, zezowatą Basię. Ta głupia torba jest ogólnie zatrzymana. Ja nie wiem, co jej się w tej szyszynce roi. Te jej nóżki, ty wiesz, że ona nie skończyła studiów? Nie wiesz? No nie skończyła. Jak się tu dostała? No co się głupio pytasz, na jakim ty świecie żyjesz? Znajomości, proste, jej stary jest tym no. Zna tego szefa, tego, wiesz kogo? Głupia kurwa, myśli, że ja nie wiem, że ona te studia to oglądała w telewizji chyba na jakimś serialu, a ty wiesz, gdzie ta kurwa jeszcze pracowała?

W McDonaldzie, pytałam się różnych, mówili mi, jaka z niej suka była, cicho... bo idzie, kuśtyka.

poniedziałek

— Ty mnie, Krzysio, lepiej pokaż, co się z tym i jak się z tym. Tutaj? Gdzie? Tu? No a jak jest odblokowane, to co? Tutaj? Tu? Aha... czekaj, najpierw to, a potem tutaj, tak? No wiem, widzę, i co teraz? Samo już poleci? Nie muszę nic robić? Tylko nacisnąć? No jak tak mówisz, to pewnie tak musi być.

Wojna jest ojcem wszystkich rzeczy. Wynalazek jest matką potrzeb. Potrzeby są generowane przez maszynki do produkcji szmalu.

— Stary, będziesz musiał dorzucić ze dwie buły — mówi Krzysio.

— Dwie? Co tak drogo? — pytam. — Dwie, czemu?

— Bo nie ma dżemu, co, chcesz skończyć bez palców? — Krzysio patrzy na mnie bez cienia uśmiechu.

— Bez palców grzebalców — mówię, ale to wcale Krzysia nie rozbawia, dawno widać nie przyjmował paszy i poziom serotoniny, który wzrasta po każdym posiłku, spadł mu do poziomu wkurwienia.

— I dla mnie z pięć jawek za fatygę — Krzysio zdaje sobie sprawę, że wynik tego rodzaju negocjacji

227

stoi po stronie tych, którzy obstają za prawdziwymi wartościami, prawdą, pięknem, ojczyzną i tradycyjną żywnością.

– Skórę ze mnie zedrzesz – mówię i wyciągam hajc.

– Jest z kogo zdzierać – Krzysio jest nieprzejednany.

– Ma... – podaję mu zwitek, a Krzysio podaje mi to, co miał mi podać.

– Co, będziesz strzelał do kaczek? – pyta Krzysio po przeliczeniu smalcu, wymieniając model ryja z przejebanego na proszku alfonsa na uroczy pyszczek chłopczyka, któremu mamusia właśnie rzuciła z okna bułkę z masłem i szynką. Koledzy nie mają takich bogatych rodziców i patrzą zazdrośnie, w to Krzysiowi graj. Bo Krzysio, jak dostanie chcicy na kiełbasę węgierską grillowaną, to nie ma popuść, nie ma, że później.

– Nie, do karków – mówię smutno, bo dwie buły pięć piechotą nie chodzą.

– Nie każdy kark, co się świeci – mówi zaśliniony Krzysio. – Ale powiedz, ale powiedz, po co ci?

– Poco to się nogi noco – mówię gorzko. – Co się pytasz, potrzebuję.

– Ty patrz, czegoś takiego łatwo nie znajdziesz. Ty patrz, jaki to automat, pyk i już. – Krzysio celuje w kołyszącą się z siatkami starszą panią.

–Tańculowa – mówi i zaciska usta – ale bym jej przypierdolił w plecy, bach.

– No – mówię, patrząc w kierunku oddalającej się starszej pani.

– Bach, bach – strzela Krzysio na sucho. – Ale giwereczka, że aż polizać się chce. Bracie, czegoś takiego, ci powiem, to nie ma od tak, że sobie idziesz i masz. To trzeba mieć, trzeba wiedzieć, trzeba znać, czujesz?

– Czuję, Krzysio, czuję. Że ci jebie z ryja – ale ostatniego zdania przezornie nie wypowiadam, ponieważ na dany momento mori to on ma atut w ręku, to po jego stronie leży prawda, piękno i honor.

– Chodź, postawię ci hot-doga – cieszy się Krzysio; bo dwie buły pięć piechotą nie chodzą – chodź, z podwójną kiełbasą.

– Stara mi zrobiła obiad w domu – mówię i czuję się o wiele lepiej z przylegającym do dłoni metalowym dildo.

– Co masz? – pyta Krzysio.

– Ziemniaki z kalafiorem – mówię.

– Bez jajka? – pyta Krzysio.

– Bez – mówię.

– Ja tylko z jajkiem – mówi Krzysio – sadzonym, ma się rozumieć.

– Ja tylko z kiełbasą – mówię – parówkową, ma się rozumieć.

– Co? – pyta Krzysio, bo wizja gotowanych ziemniaków, gotowanego kalafiora i kiełbasy parówkowej nie współgra z ogólnie uznanym i szanowanym kanonem posiłków w tym zaropiałym, sypialnym mikroregionie miejskim.

– Gówno – mówię – zjedz je równo.

Czy warto czekać na przyjście jakiejś osobliwej inkarnacji Siwy, która wykona nieludzką rozpierduchę?

wtorek

Ona jest ikoną suki. Wzorcem wewnętrznego gnicia. Źródłem wszelakiej niechęci. Symbolem wypaczonych systemów. Stosunkiem przerywanym przez niespodziewaną przerwę reklamową.

Oj, Basiu, Basiu. Dlaczego wszystko zmierza ku krwawym finałom mistrzostw świata w piłce nożnej? Przecież tak naprawdę jesteś zwyczajną dziewczyną. Która po prostu pragnie futra renomowanego projektanta.

Basiu, wiem, chciałaś być pilotem wycieczek autokarowych. Ale z taką kreatywną urodą nie miałaś wyjścia – zostałaś menedżerem. A wszystko to dzięki twojemu tacie. Bo tata zna. Tata umie. Tata wie. Jak podpowiedzieć kilka słów. Komu trzeba. Wymydlić tyłek. Wejść bez smarowania i obrócić się w środku ze dwa razy.

poniedziałek

Co za dzień. Przyducha wreszcie puszcza. Badyle zastanawiają się, czy nie wydać małych zielonych listków. Kupy czworonożnych przyjaciół kurczą się i nikną na chodniku jak śnieg w promieniach pierwszego słońca. Zielone tanieje. Białe bez ceł. Jedzenie nareszcie cieszy. No git jest.

Basia wraca właśnie z promocji w megastorze, a przy okazji zrobiła sobie świetne zakupy.

– Mirek, herbatę! – mówi Basia, grzebiąc w wypchanych siatkach. – Patrz, Gośka, co sobie kupiłam, fajne, nie?

– Pokaż – mówię.

– Herbata dla mnie i dla Gośki – mówi Basia. – Popatrz, Gośka, nawet nie będziesz chciała uwierzyć, za ile.

– Za ile? – pytam.

– Chyba cię o coś prosiłam – mówi Basia. – Ogłuchłeś czy co? Ciasteczka, szampony, groszek, kukurydza, wszystko dziś było taniej.

– A jak na promocji? – pyta Gośka, miętosząc w dłoniach bluzeczkę.

– No wiesz jak, Gośka, co ja ci będę mówić. Rozmawiałam, pokazywałam, przedstawiałam. Zobaczymy, co z tego będzie. W przyszłym tygodniu może będę coś wiedzieć, no na pewno coś będzie, ale nie wiem ile. Zobaczymy. Dzwonił dyrektor?

– Nie – mówi Gośka. – Ojej, ale to jest ładne, dużo dałaś?

– No właśnie, że nie. No mówię ci, Gośka. Idź, sama zobacz, ubrania, ciasteczka, olej, wszystko taniej, spędziłam tam pół dnia, no ale warto. Ja nie wiem, to są chyba jakieś urodziny sklepu.

– Ojej – mówi Gocha, ponieważ chciałaby dostać urlop. – Jakie to wszystko ładne, Basiu. A co z tym urlopem?

– Z jakim urlopem? – Basia udaje głupią.

– Z tym w przyszłym tygodniu – mówi Gocha.

– Aha, jak trwoga, to do Boga, co? Muszę się zastanowić, Gośka, czy zasłużyłaś, wiesz? – mówi Basia. – Spójrz tylko, ten krem to była wyjątkowa okazja!

– Same zagraniczne produkty – mówię – same zagraniczne produkty.

– Wiesz co – mówi Basia. – Mam sobie sama zrobić tę herbatę?

Zdradzę wam pewien sekret. Codziennie rano Basia spożywa serek Darek® zawierający cenny wyciąg z kija. To, co najlepsze. A Darek to spoko gość. Naprawdę, ja wam to mówię. A przecież ja nie mam interesu, żeby kłamać wam o Darku. Już wolałbym wymyślić inną piramidalną bzdurę.

– Same produkty pochodzenia zagranicznego – mówię. – Nie wstyd ci?

– Idziesz czy mam sobie sama zrobić? – mówi Basia. – Idziesz czy wolisz raczej zająć się raportami kasowymi z ostatnich trzech miesięcy?

– Nie wstyd ci? – mówię.

– No coś takiego – wzdycha gniewnie Basia.

– No czegoś takiego jeszcze nie widziałam.

– Idźże zrób tą herbatę – mówi Gocha – albo ja pójdę zrobić.

– Co ty odpierdalasz? Wiesz, że ona jest po-pierdolona, to po co się wygłupiasz? – pyta Gośka, kiedy znajdujemy się na zapleczu.

– Zrobię herbatę – mówię – tobie też.

– Czekaj, ja już zrobię – mówi Gocha.

– Ja zrobię, ty też chcesz? – mówię.

– O Jezu, Mirek, krew ci cieknie z nosa – mówi Gocha. – Idź do łazienki i wytrzyj się.

– Zrobię herbatę – mówię.

Na jasnych kafelkach podłogi pojawiają się wymieszane z glutami rdzawe plamy.

– Idź do łazienki się wytrzeć. Wyglądasz jak gość z martwicą mózgu. Idź, wytrzyj się. Ja zaleję, ty posłodzisz i przyniesiesz, ale nie odpierdalaj nume-rów. No idź, nie stój tak.

– Jeżeli nadal uważasz – mówi hipnotycznie pani redaktor prowadząca program w lustrze,

233

a przez blond tupecik przezierają jej rogi – że twój penis ma optymalny rozmiar, a twoja partnerka jest w pełni usatysfakcjonowana z waszych zbliżeń, to jesteś w błędzie, a twoje życie to ciąg niezbyt śmiesznych anegdot z przykrym finałem.

– Nie, nie uważam tak – mówię.

– No to na co czekasz? – pyta pani.

– Nie wiem – mówię.

– Nie stój tak jak pała – mówi pani. – Zanieś herbatkę, działaj.

Czyżby to już piątek? Piątek? Do kurwy, to piątek? Piątek z Pankracym? W piątek jestem w stanie wybaczyć wiele. Jestem w stanie opowiedzieć Basi o swoim życiu uczuciowym.

– Nie jestem zadowolony z rozmiaru swojego członka – mówię, wchodząc z herbatą.

– Zapłać ratami za swój kosz z zakupami – mówi, śmiejąc się, Basia, jakby niczego nie słyszała. – O, jest i herbatka.

– Herbata – mówię.

– Tfuu. Czemu to takie słodkie? – krzywi się Basia po pierwszym łyku.

– Posłodziłem – mówię.

– Ale czemu to takie słodkie?

– Dobrze posłodziłem – mówię. Jakby nie wiedziała, że dbam o nią jak o własną matkę, że chcę dla niej najlepszego.

234

– Ile ty tu wsypałeś? Trzy?

– Dziewięć – mówię. Jakby nie wiedziała, że zrobiłbym dla niej wszystko.

– Co? – Basia krztusi się kolejnym haustem.

– Trzeba cieszyć się życiem – uśmiecham się do niej, ponieważ wiem, że trzeba cieszyć się życiem, i chciałbym, żeby ona czuła to samo.

– Dziewięć? – pyta Basia z rozszerzonymi ze zdumienia oczyma.

Łapać każdą chwilę, każdy moment. Korzystać z życia na maksa. Ciągnąć pług po glebie suchej i kamienistej. Wybierać co rusz okazałe bulwy i korzenie. Żuć je. Cieszyć się ich naparem. Witać każdy nowy dzień ze zdwojoną siłą bioxetinu.

– Cukier krzepi. Wierzysz w to? – pytam Basię.

– Co się z tobą dzieje?

– Wierzysz w to? – pytam Basię.

– Mirek! – krzyczy Basia.

– Nie jestem zadowolony z rozmiaru swojego członka – mówię.

– Co??!! – dławi się Basia. – Myślałeś już o swoim urlopie? To możesz przestać myśleć!

– Dlaczego dobro produktów krajowych nie leży ci na sercu? – pytam.

– Zapomnij o awansie – mówi Basia. – Zresztą zaraz inaczej pogadamy. Przedstawię twoją sprawę odpowiednim czynnikom. Zobacz, żebyś nie mówił, że tylko tak mówię. Proszę, piszę pismo do dyrektora. Mam cię dość, nie potrzebuję takich pracowników w swoim oddziale.

– Ruki w wierch – mówię i strzelam w jej kierunku z palców – wierzysz w to?

– Spójrz, puszczam faks do Warszawy – mówi Basia, ale patrząc na pełne wspaniałych zakupów siatki, łagodnieje, dodając: – Mam dzisiaj dobry humor. Jeszcze masz szansę się poprawić, jeszcze możesz przeprosić, no?

– Wierzysz w nagłe zejście? – mówię, łapiąc ją za rękę. – Wierzysz w życie po żuciu?

– Co, straszysz mnie? Czy mam się już bać? Czy jeszcze nie? – pyta Basia, szelmowsko wystukując na cyferblacie niewidzialny numer do centrali. – Klik. Klik. Zaraz zobaczymy, kto uwierzy w nagłe wypowiedzenie umowy.

– Ale czego? Czego tu się bać? – uśmiecham się do Basi i puszczam jej dłoń. – W żadnym razie, Basiu, nie ma się czego bać, szybkie zejście i już jesteś tam, a tam czeka na ciebie wszystko, co najlepsze: szwedzki stół, niemiecka jakość, francuski kunszt, angielska ogłada, polska gościnność, rosyjska dusza, hiszpańska mucha, włoska krew, czeski film. Oto stoję u twych drzwi i kołaczę, Basiu.

– O czym ty mówisz? – pyta Gocha.

– O niej – wskazuję na Basię – wyzwolę ją z jej obsesji pogrzebania żywcem.

– Mirek, to już naprawdę nie jest śmiesz... – zaczyna Gocha.

– Wcale a wcale nieśmieszne – mówię. – Nieśmieszne w ogóle, bo to nie ma być śmieszne. To ma być więcej niż śmieszne.

Plamy opadowe pojawią się po pięciu godzinach od stwierdzenia zgonu. Nie będzie mowy o pomyłce, spójrz na to: dawkowanie czegoś, co nazywamy życiem, powinno być ustalone indywidualnie dla każdego oczekującego. W przypadku zatruć zalecane jest sprowokowanie wymiotów lub płukanie żołądka, czy nie tak? Czy nie tak, do kurwy? Skąd w mojej dłoni znalazła się dziwna, metalowa atrapa?

– O Jezu – stęka Gocha, patrząc na bladą twarz Basi.

– Cięcie. Jak któraś z was naciśnie alarm, rozpierdolę jej łeb. Siedźcie spokojnie, a nic wam się nie stanie. Ja wiem, jak to działa. Ty suko, czeka cię podróż przez piekło. Rozumiesz? Procedura nie do końca wyjaśnia działanie w sytuacjach nietypowych. Wierzycie w to? Zwieracze tracą jędrność, stąd możliwość wydalania moczu, ekskrementów, niekiedy spermy, wierzycie w to? Boski akuszer z widokami na awans ogłasza chwilową upadłość moralną. Gdzie są klucze? Gdzie są klucze? Zamykamy pierdolony oddział. Klucze. Kurwa, klucze. Klucze, kurwa. Dawać, kurwa, klucze. Gdzie są klucze? Pokaż, mała, co ci mama dała. Pokazujesz czy nie, do kurwy chuja.

Stacja pierwsza. Po spostrzeżeniu przez Basię, że na wysokości twarzy w drżącej nerwowo dłoni zawisła nieruchomo metalowa atrapa, sugerująca poniekąd wyrok, tapeta odpada z jej twarzy całkowicie.

– Wyglądasz ślicznie, gdy poruszasz się w dum-dum rytmie. Tańcz. Mówię: tańcz.

Stacja druga. Basiu, zostałaś obarczona odpowiedzialnością, a odpowiedzialność jest dobra dla uzależnionych od stresu, znasz to? Katechizm mądrości Zachodu? Tao Te Burger King?

– Z taką jak ty mógłbym spędzić całe życie. Uprawiać seks całą noc, chodzić spać o świcie. Tańcz, jak mówię. Tańcz. Bo ci przypierdole w cebule.

Stacja trzecia. Basia upada uderzona i poniżona na pastelowy dywan Hamburger Banku. Z jej ust, z jej skroni wypływa rdzawobrunatna ciecz.

Cięcie. W bankomacie ktoś stoi. Otwieram drzwi. Szarpię za drzwi. Sięgam do kieszeni i wyciągam: a) nożyczki, b) broń, c) dyskietkę, d) fragment ludzkiego ciała.

– Zamykamy pierdolony oddział – mówię do przerażonej kobiety, której dziecko czeka przed oddziałem z gałązką w ręku. – Zamykamy pierdolony oddział. Albo pani wchodzi, albo wychodzi.

Nie ma nic pewniejszego od śmierci, nie ma nic mniej pewnego niż jej godzina. Nie tym razem. Tym razem wszystko jest pewne. Cieszmy się i radujmy!

Cięcie. Ty suko, o co ci chodzi? Zaraz ci pokażę swoją penisoidalną zabawkę. Chodź tu, suko, wyłuszczę ci pewne sprawy. Broń odpala. I co, kurwo, zrobiłaś? Chcesz zepsuć miły nastrój panujący w oddziale? Chcesz zepsuć miłe pastelowe wnętrze? Patrz mi prosto w oczy. Postępuj zgodnie z moimi procedurami.

Stacja czwarta. Basia czołga się w kierunku pomieszczenia pokój rozmów. Pani w bankomacie zamarła z kartą w dłoni. Spierdalaj. Pada drugi strzał. Żywi już nie całkiem są po stronie życia.

Na widnokręgu wyspy awansu. Wielkie, soczyste, piękne. Bujna roślinność przesączona nektarem tropikalnych owoców, sokiem wyuzdanych dziewic i kopulacją z demonami. A właśnie zwolniła się posada kacyka. Referencje? Zdolny, ambitny, energiczny, elokwentny, umiejętność pracy w zespole. To ja.

– I gdzie chcesz, kurwo, uciec? Co chcesz zrobić?

Stacja piąta. Gocha pomoże Basi doczołgać się do pomieszczenia zaplecze. W którym to Basia odgrzewa znane kawałki. Za co? Za co? Jezu, za co?

Za kobyle caco. Ponieważ zachodzi poważna obawa, że jesteś generowanym komputerowo programem, któremu do sprawnego działania zabrakło kilku niezbędnych instrukcji. Ponieważ od jakiegoś czasu nie otrzymujesz esemesów, co oznacza, że stałaś się zbędna. Ponieważ w danej chwili ja jestem czynnikiem sprawczym, a kurwica mocno sięgnęła mi gardła.

Ponieważ życie żywi się życiem, ponieważ życie żywi się śmiercią.

Dlaczego i dlaczego, och, przestań już powtarzać te filmowe frazesy. Twój żałosny fristajl przestał mnie podniecać. Proszę, zapanuj nad chwiejnym umysłem i wytrzyj sobie twarz.

Stacja szósta. Basia klęczy w obłędnym uniesieniu przed przenajświętszym sakramentem platynowej karty kredytowej. Platynowa karta to prestiż, warto mieć złotą lub platynową kartę Hamburger Banku, dlaczego? To proste. Teoretycznie w ekskluzywnym sklepie każdy obsługiwany jest tak samo. W praktyce (żyzń!) bywa inaczej. Platynowa karta otwiera wiele drzwi i pozwala załatwić sprawy niedostępne dla innych. Poza tym, płacąc złotą lub platynową kartą, jesteś bardziej wiarygodny. Taka karta świadczy o tym, że na podstawie twojej historii kredytowej Hamburger Bank ma do ciebie pełne zaufanie.

Stacja siódma. Nagle buch. Koła w ruch. Ruch. Ruch. Buch. Znów udajesz, że bolało? Długo masz zamiar tak bezczynnie leżeć? Stacja siódma i pół. Basia kopniakiem przywrócona do życia. Stacja siódma i trzy czwarte. Reszta obsady całkowicie sparaliżowana.

Cięcie. Wizja przychodzi jak skurcz łodygi. Jak smak prawdziwej mięty. Szczeble drabiny społecznej słaniają się pod moimi stopami, jakby były z gumy, same aż wchodzą mi pod nogi, to nie drabina, to ruchome schody, stoję na nich, a one same, ja nic, one same, awans za awansem, za awansem awans, a za tym awansem jeszcze jeden awans. Mam wizję, mamo.

Stacja ósma. Basiu, jesteś kiepską podróbką pampersa. Produktem krajowym bez nowoczesnego systemu odwadniająco-przepuszczającego. Co więcej, zużyłaś się. Jesteś zużytym pampersem. Pełnym zakisłych płynów owodniowych. Wynik? Idziesz w odstawkę.

Cięcie. Kapie mi z kichawy.

Stacja dziewiąta. Gdzie, kurwa. Gdzie się chcesz udać, pytam. Leżeć. Słuchać. Ja chcieć dobrze. Wszak media w popłochu szukają nowych tematów. Seks, śmierć, egzekucja, krew. Rozumiesz, przed jakim wyzwaniem stoimy? Dajmy szansę mediom. Zwiększmy wespół oglądalność regionalnych stacji. Bądźmy prawdziwymi chrześcijanami. Wierzysz w to? No więc gdzie się czołgasz, suko? Ja ci mówię:

wracasz do piekła smażyć stygmaty rachitycznego bikini na swoim zmutowanym ciele. Marzyło ci się bahama bicz? Marzenie zamieni się w smażenie. Dwie parówki na drogę.

Ale niczym się nie przejmuj. Pamięć medialna trwa zaledwie kilka tygodni. Potem nikt nawet nie pierdnie.

Stacja dziesiąta. Co? Rzygasz? Nerwica pokarmowa? Wytrzymaj jeszcze chwilkę. Sursum corda, Basiu. Jako odpowiedzialna za zbrodnie przeciwko sile roboczej zostałaś nominowana do opuszczenia ciała. Pełen przewlekłych sytuacji konfliktowych padół nie ma już nad tobą władzy. Otwierają się nowe horyzonty. Obfitość pigułek, które pozwolą ci jeść wszelkie smakołyki bez przybierania na wadze lub cieszyć się potencją przez dwadzieścia cztery godziny na dobę. Uśmiechnij się, proszę.

Stacja dziesiąta. Basia otwiera drzwi do pomieszczenia z sejfem i obraca się tyłem do ściany. Okolice jej krocza zabarwiają się na kolor rdzawobrunatny. Czyżby ostra zrywa? Fuj, no nieprzyjemne to, jak nie wiem co. Nie ukrywam, wstrętne to! Basiu, wytrzymaj sztuczny uśmiech aż do końca sceny, przerwa wszak zaledwie za parę chwil. I zdejmij, na litość boską, te spaprane ciuchy.

Stacja jedenasta. Czy warto czekać na powtórne przyjście Jezusa w drodze klonowania? Czy warto czekać w niekończącej się kolejce na lepszy kwadrat? Ile my mamy lat, Basiu, żeby wierzyć w takie rzeczy? No więc, czy warto? Zadałem bardzo konkretne pytanie i czekam na odpowiedź. Co tam charczysz? Że nie? Że nie chcesz umierać? No masz babo placek.

Nie psuj miłej atmosfery, bo ci poprawię z kopyta. Bo cię dobiję. Bo cię przybiję. Że chciałabyś zobaczyć swoją rodzinę? Z rodziną najlepiej wychodzi się na zdjęciach, nie bądź głupia.

Cięcie. Dostajesz bana na rzeczywistość. Grupa dyskusyjna przestała cię akceptować. Byłaś niezadowolona z roli, jaką musiałaś odgrywać w realu? Nie dziwię się. Ale daję ci niepowtarzalną możliwość przeistoczenia się i przybrania nowej świńskiej tożsamości. Za pomocą tego oto log-off urządzenia unieważniam wszystkie nieszczególne przyjaźnie, niewyjęte flirty i niewygodne zobowiązania.

Na początku było światło, potem ktoś zalogował się do systemu.

Stacja dwunasta. Spirala pragnień wszczepiona w twoją macicę zaprowadziła cię na manowce. Na tej stacji wysiadasz.

Oto składam ofiarę z siebie.

Jako koprolit kasynowego kapitalizmu powitaj swojego Deo Optimo Extremo ostentacyjnej konsumpcji i nowych nacechowanych marką znaków

zodiaku. Wracasz do krainy niespełnionych półfabry-
katów. AltF4.

Cięcie. Nicość. Z nicości w nicość. Na nic, nic.
Na nic to. Na nic tamto. Wszystko na nic. Nic w nic od
nic przez nic. Nic. A teraz spójrz. Tunel zachęt. Co
czujesz? Zimno? Metalowe dildo penetrujące to
i tamto. Marzy ci się oral? Wydaje ci się, że to pora
ciepłego łóżka i dobrego, sterylnego night show
z pedałami na gorzkim odwyku? Czy zdarzyło ci się
przyjmować doustnie reladorm? a doodbytniczo?
nie? co za szkoda, proszę pani menedżer, co za
szkoda, nie będzie pani, proszę pani, miała okazji
spróbować...

Jeden. Miotaj się. Dwa. Miotaj się. Trzy. Zapa-
dam się do środka. Cztery. A ty. Pięć. Miotaj się.
Sześć. Zaraz potem siła odśrodkowa miota czarnym
punktem niczym pięciokilowym młotem. Siedem.
Grzechów pozbawionych większego sensu. Osiem.
Przykazań. Dziewięć. Bram do piekieł. Dziesięć. To-
warzyszący z głębi trzewi wulkaniczny bulgot.

Czyżbym nareszcie miał szansę opróżnić rury
z cynicznych ochłapów i taniej kpiny?

Nie. I wracamy do gry. Na trzy, moja pani, na
trzy, na raz i na dwa, i trzy.

Kryjesz ty. Albo ciebie kryją.

Cięcie. Nadeszło długo oczekiwane wezwa-
nie do zapłaty.

Oślepiające białe światło paraliżuje zdolność widzenia, by po dłuższej chwili ustąpić miejsca właściwym obrazom.

Mama wpuszcza do pokoju promienie porannego słońca. Ale razi.

– Wstawaj – mówi mama.

Z doniczek na meblościance skapuje rdzawa ciecz. Jednak. Pierdolona rzeczywistość równoległa. Dobrali mi się do dupy.

Kto?

– Mamo? Już? Która godzina?

– Wstawaj, kurwa – mówi mama.

Niepokojąco czerwona ciecz w niepokojących rdzawoziemistych donicach.

– Dzisiaj nie idę do pracy, mamo.

Nie idę. Biorę go w usta. Metalowe dildo graweruje na podniebieniu złote logo odwiecznej tajemnicy. Po chwili zapada ciemność.

Książki oraz bezpłatny katalog
Wydawnictwa W.A.B.
można zamówić pod adresem:
ul. Łowicka 31, 02-502 Warszawa
tel./fax (22) 646 05 10, 646 05 11, 646 01 74, 646 01 75
wab@wab.com.pl
www.wab.com.pl

Redakcja: Marianna Sokołowska
Korekta: Maciej Korbasiński, Magdalena Stajewska
Redakcja techniczna: Urszula Ziętek

Projekt okładki i stron tytułowych:
Magdalena Bartkiewicz-Podgórska
na podstawie koncepcji graficznej Macieja Sadowskiego
Fotografia autora: © Bogdan Krężel/Fabryka Obrazu

Wydawnictwo W.A.B.
02-502 Warszawa, Łowicka 31
tel./fax (22) 646 01 74, 646 01 75, 646 05 10, 646 05 11
wab@wab.com.pl
www.wab.com.pl

Skład i łamanie: Komputerowe Usługi Poligraficzne
Piaseczno, Żółkiewskiego 7
Druk i oprawa: Drukarnia Wydawnicza
im. W.L. Anczyca S.A., Kraków

ISBN 83-7414-045-3